TIME ROULETTE
타임룰렛

초판 1쇄 인쇄일 2018년 1월 12일 | **초판 1쇄 발행일** 2018년 1월 17일

지은이 최예균 | **펴낸이** 곽동현 | **담당편집 팀장** 이범수
편집부 신연제 김예리 이윤아 홍현주 김유진 조서영 임소담 정요한 김미경 박수빈

펴낸곳 (주) 조은세상 | 출판등록 제 2002-23호
주소 경기도 연천군 미산면 청정로 1355
TEL 편집부 02)587-2966 | FAX 02)587-2922
e-mail bukdu@comics21c.co.kr

ISBN 979-11-6171-595-7 | ISBN 979-11-6171-108-9(set) | 값 8,000원

TIME ROULETTE
타임룰렛 8

최예균 현대판타지 장편소설

NEO MODERN FANTASY STORY

CONTENTS

CONTENTS

Chapter 84. 젊은 영웅의 탄생

가방을 챙겨 선교 밖으로 나왔을 때 제일 먼저 들린 소리는 낯선 사내들의 목소리였다.

"여기! 여기 사람 있어요!"

"제발 신고 좀 해주세요!"

"구조대! 구조대 좀 불러줘!"

써니호와 거리가 가까워졌다는 사실을 알아차린 영선호의 사람들은 필사적이었다.

그들은 배의 물을 퍼내는 것을 멈추고는 갑판에 달라붙어 고래고래 소리를 내지르고 있었다.

그 소리에 당황한 것은 지금까지 그들을 구조하는 것에

대해 회의적인 반응을 보내던 이들이었다.

"어, 어떻게 하지?"

"뭘 어떻게 해! 우리가 뭘 할 수 있다고."

"하지만 그래도 그냥 이렇게 있는 건……."

세 사람이 고민하는 모습은 갑판으로 걸어 나오는 내게 그대로 보였다.

하지만 그들의 모습에서 어떠한 감정의 변화도 생기지 않았다.

적어도 갑판에 걸려 있는 로프라도 풀려고 했다면, 아주 조금이지만 다른 생각을 했을지도 모른다.

아니, 최소한 영선호의 사람들에게 대답이라도 해주면서 그들을 진정시키려고 했다면 달리 생각했을 것이다.

'지금에 와서 기대하는 것도 바보 같지만 말이야.'

하지만 이제는 그런 생각을 하는 것조차 낭비라 할 만큼 주어진 시간은 촉박했다.

"비켜."

어찌할지 모르는 세 사람을 밀치고 곧장 갑판에 있는 로프로 손을 뻗었다.

딸칵-

잠금 장치를 풀어 로프를 꺼냈다.

그리고는 끝부분에 고리를 만든 뒤에 어깨에 들쳐 메었다.

'아직, 아직은 아니야.'

써니호와 영선호의 거리는 점차 가까워지고 있었다. 하지만 여전히 그 거리는 50m 이상이었다.

휘잉-

풍물패의 상모를 돌리듯 한 손에 잡은 로프를 천천히 회전시키며, 머리 위로 돌리기 시작했다.

'조금만, 조금만 더 가까이.'

영선호에서 외치는 사람들의 소리도 주변에서 말하는 아이들의 목소리도 들리지 않았다.

지금 집중하고 고정해야 할 곳은 오로지 영선호의 뱃머리였다.

두근두근-

'실패하면 두 번은 없다.'

여유분의 밧줄이 없는 상황에서 단번에 뱃머리에 고리를 걸지 못한다면, 줄은 바다에 빠지게 될 것이다.

그리되면 물을 먹은 밧줄의 무게는 처음보다 2~3배는 무거워진다.

그때에는 아무리 내 근력이 뛰어나다고 해도 다시 줄을 던지는 것은 무리였다.

돌리기도 전에 근육이 찢어지거나 어깨가 빠져버릴 것이 자명했다.

'게다가 두 번 도전할 시간도 없지.'

나이트의 계산에 의하면, 써니호의 키를 틀지 않고 영선호와 50m 이내로 근접해서 머무는 시간은 대략 30초 정도에 불과했다.

그사이에 내가 해야 할 일은 세 가지였다.

첫째, 시간 내에 줄을 연결한다.

둘째, 연결된 줄을 이용해서 써니호에서 영선호로 넘어간다.

셋째, 이동을 끝내고 나면 써니호와 영선호에 연결된 밧줄을 끊는다.

만약 양 배에 연결된 밧줄을 그대로 방치해 둘 경우, 서로 연결된 줄로 인해 자칫 배의 방향이 틀어지거나 최악의 경우 양쪽 배가 충돌할 수도 있었다.

그렇게 숨조차 제대로 쉬지 못하는 시간이 얼마나 흘렀을까?

부릅!

두 눈이 크게 떠짐과 동시에 머리 위로 돌리고 있던 줄을 곧장 영선호의 뱃머리를 향해 던졌다.

우드득-

동시에 흡사 뼈가 부러질 것 같은 소리가 어깨를 타고 흘러 나왔다.

한순간 최대치로 힘을 사용한 대가였다.

하지만 그 찌릿한 느낌에 신음을 토해낼 여유 따위는

없었다.

차악! 덜컹!

파도를 가르고 힘차게 날아간 밧줄은 한 치의 오차도 없이 영선호의 뱃머리에 걸렸다.

“좋았어!”

양 주먹이 절로 불끈 쥐어졌다.

줄이 걸렸으니, 1단계는 통과한 셈이었다.

재빨리 줄을 잡아 담겨 고리를 단단하게 만들고는 갑판에 다리를 올렸다.

“너, 너 지금 뭐하는 거야? 왜 네가 거기로 올라가?”

이혜인의 물음에 난 고개조차 돌리지 않았다.

이제 남은 시간은 대략 20초 남짓.

“만약에라도 내가 저쪽으로 넘어가다가 바다에 떨어지면, 지체 말고 줄을 끊어.”

“그, 그게 무슨 소리야?”

“야!”

신소연과 문철주의 당황스러운 물음도 잠시였다.

이내 밧줄을 향해 몸을 던진 내 뒤로 찢어질 것 같은 비명소리가 들려왔다.

꺄아아아!

하지만 그 어떤 비명이라고 한들 지금 내 귓가에 그 소리가 제대로 들릴 리 만무했다.

쿵- 쿵-

심장은 미친 듯이 두근거렸고 하늘에서 떨어지는 빗줄기는 쉼 없이 얼굴을 때렸다.

그리고 그 사이로 당장이라도 나를 집어 삼킬 듯 아슬아슬한 높이의 파도가 휘몰아치고 있었다.

'정말 이러다가 심장이 터져 버리는 건 아니겠지? 후후.'

바보 같은 생각도 잠시.

어느덧 순식간에 로프의 중간 부분까지 도착했다.

걸린 시간은 대략 10초 남짓.

그야말로 경이적인 속도라 할 수 있었다.

한평생을 특수부대의 군인으로 살아온 마이클 도먼의 기억과 테스크 포스의 소방관이었던 제임스의 경험이 녹아 있기 때문에 가능한 일이었다.

"좋아. 이대로만 가…… 어?"

순조롭게 풀리는 상황에 로프를 부여잡은 손에 힘을 주려 할 때였다.

거대한 악마의 혀처럼 넘실거리며, 날 향해 덮쳐 오는 검푸른 파도의 모습이 시야에 들어왔다.

생각지도 못한 위기가 찾아오면 무슨 생각이 들까?

온갖 잡다한 생각이 들 것 같지만, 일반적으로는 위기가 닥쳤을 때는 아무런 생각도 들지 않는다.

영화나 드라마에서도 흔히 나오지 않던가?

신호를 무시하고 달려오는 차를 바라보며, 그대로 서 있는 주인공들의 답답한 모습 말이다.

이건 극중 효과를 위해서 일부러 그런 연출을 하는 것이 아니다.

실제로 평범한 사람들은 갑작스레 생각지도 못한 위기가 닥쳐오면, 머릿속이 새하얗게 변하고 몸이 굳어 버려서 아무것도 할 수 없게 된다.

하지만 이러한 대처는 매우 위험하다.

다가오는 위험을 말 그대로 온몸으로 받아들여야 하기 때문이었다.

'젠장. 어떻게 하지?'

이미 일반적인 사람의 수준을 넘어섰기 때문일까?

머릿속이 새하얗게 변하기는커녕 수만 가지의 생각이 머릿속을 뒤흔들었다.

그러나 지금까지 배운 정착자의 특기 중에서 지금의 상황에 도움이 될 만한 것은 없었다.

'어떻게든 버텨야 한다.'

오로지 기댈 수 있는 것은 포인트를 투자해서 올린 신체 능력뿐이었다.

꽉-

양발을 이용해서 하체를 밧줄에 꼬고 두 손은 밧줄을

당겨 가슴에 밀착시켰다.

그런 뒤 최대한 몸을 꽈배기마냥 줄에 엮이게 한 뒤 고개를 푹 숙였다.

차악!

그리고 바로 그 순간.

악마의 혓바닥처럼 다가오던 검푸른 파도가 일말의 자비도 없이 세차게 덮쳐왔다.

쿠웅-

차가운 물이 전신을 집어삼키기도 전에 귓가로 거대한 충격음이 전해져 왔다.

마치 어떤 초월적인 존재가 몸속에 있는 영혼을 강제로 끄집어내는 것과 같은 기분이었다.

[꺄아! 정훈아!]

그 사이로 어렴풋이 내 이름을 부르는 소리 들려왔지만, 대답할 여력이 있을 리 만무했다.

"크억."

앙다문 입술이 절로 벌어지며, 신음이 비집고 흘러 나왔다.

단순히 몸이 물에 젖었다는 것만으로는 표현이 되지 않았다.

마치 천 근의 돌을 어깨에 올려놓은 것처럼, 순식간에 몸이 축 늘어지며 정신이 혼미해졌다.

하지만 이럴 때일수록 정신을 차리지 못하면, 그때야말로 정말 끝장이었다.

꽈악-

주르륵-

벌어졌던 입술에 힘을 줘서 다물자 비릿한 피 맛이 느껴졌다.

하지만 다행이도 그 피 맛이 혼미해지려는 정신을 잠시나마 붙잡아줬다.

"하아…… 하아……."

입에서 단내 섞인 숨이 쉼 없이 토해져 나왔다.

당장이라도 몸을 짓누르는 가방을 바다에 던져 버리고 싶었다.

또한 잠깐의 휴식은 악마의 달콤한 속삭임처럼 내게 속삭였다.

이대로 포기하면, 지금의 고통에서 해방될 수 있을 거라고 말이다.

"……포기하지 않아. 할 수 있다."

이제 영선호의 갑판까지 남은 거리는 절반 남짓. 남은 시간은 대략 10초 남짓이다.

그 안에 다시 한 번 파도를 뒤집어쓴다면, 영선호로 넘어간다는 계획은 수포로 돌아갈 수밖에 없다.

꽈악-

물이 잔뜩 먹은 몸에 다시 힘을 줘서 밧줄을 잡아당기기 시작했다.

"으아아!"

몸을 짓누르는 압도적인 무게.

긴장한 근육.

심리적인 부담감과 걱정.

할 수 있다는 이성적인 생각 속에 입에서는 절로 비명이 토해져 나왔다.

동시에 지난날 경험했던 다양한 정착자의 기억들과 내가 겪었던 기억들이 머릿속에서 뒤섞였다가 흩어지기를 반복했다.

그건 지금까지 단 한 번도 경험해보지 못한 신비로운 느낌이었다.

그렇게 기억들이 하나로 묶여졌다가 흩어지기를 얼마나 반복했을까?

흩어졌던 기억의 퍼즐들 일부가 머릿속에서 작은 그림 하나를 만들어냈다.

띠링!

[당신의 희생 어린 행동에 정착자의 기억이 반응합니다.]

[조건이 충족됨에 따라 LV. ??? 도구의 1단계 봉인이 해제되었습니다.]

[능력 동화를 습득하셨습니다.]

머릿속의 이명과 함께 낯익은 목소리가 연이어 귓가를 찔러 들어왔다.

"쿨럭, 뭐가 개방됐다고?"

분명 새로운 능력이 개방됐다는 소리가 들렸다. 하지만 지금은 귓가에 들린 시스템의 목소리보다도 영선호에 올라서는 게 먼저였다.

탁-

줄이 연결된 뱃머리로 미끄러지듯 내려간 뒤 곧바로 발을 걸쳤다.

그리고는 몸을 튕겨 그 반동을 이용해서 갑판의 난간을 잡았다.

"이, 이게 대체 무슨 일이야. 뭣들 하고 있어! 어서 끌어올려! 꽉 잡아야 하네!"

갑판에 손을 올리자 제일 먼저 걸걸한 남성의 목소리가 들려왔다.

"그, 그렇지."

"안 떨어지게 조심해서 잡아!"

이어서 차례대로 남성들의 목소리가 들리더니, 갑판을

잡은 내 손에 물기 젖은 따뜻한 감촉이 느껴졌다.

고개를 들어 올려다보니, 영선호에서 구조를 요청했던 세 명의 남성들이었다.

그들은 하나같이 당황스러우면서 놀라우며, 황당한 표정을 짓고 있었다.

"자, 셋 하면 끌어올리세. 하나…… 둘…… 셋!"

"으아차!"

"끄응."

세 사람이 새빨갛게 달아오른 얼굴로 구령에 맞춰 갑판에 매달린 날 잡아 끌어올렸다.

그렇게 몇 번의 시도 끝에 다리를 갑판 위에 올리는 것에 성공하자 그 다음부터는 일사천리였다.

쿵-

쓰러지듯 가방과 함께 몸을 갑판 위로 눕혔다.

그러자 마치 거대한 돌덩어리가 떨어진 것 같은 소리가 흘러 나왔다.

"후아, 후아."

입에서 연신 거친 숨소리가 흘러 나왔다. 그러나 진짜는 이제부터 시작이었다.

쓰러져 있던 몸을 일으켜 세우고 가방에 넣었던 공구 중에서 재빨리 미니 톱을 꺼내 영선호와 써니호를 연결한 밧줄을 잡았다.

"……!"

하지만 바로 그 순간 내 눈에 보인 것은 어느새 제 갈 길을 가고 있는 써니호의 모습이었다.

언제였는지는 알 수 없지만, 이미 써니호에 연결된 밧줄은 고리가 풀려 있는 상황이었다.

"어이가 없네."

순간 지금까지 전신을 쪼고 있던 긴장의 끈이 탁하고 풀려 버렸다.

상황에 따라 줄을 끊으라고 한 것은 나였지만, 그렇다고 이렇게 단칼에 줄을 끊어 버릴 것이라고는 생각조차 하지 못했다.

"이혜인……."

복잡 미묘한 감정 속에 분노보다는 허탈함이 치밀어 오를 무렵이었다.

"이, 이보게. 자네는 대체 누군가?"

"자네, 저 배에서 넘어 온 거 맞지?"

"어디 다친 곳은 없고? 아까 보니까 어깨를 크게 부딪쳤던 것 같던데."

영선호의 사람들이 차례차례 질문을 던졌다.

"네, 괜찮습니다. 죄송하지만, 현재 배 상태부터 알 수 있을까요? 아까 보니까 배의 물을 퍼내시는 것 같던데 무슨 일이 있는 겁니까?"

내 물음에 세 사람이 잠시 멍한 표정을 지었다.

그리고는 이내 지금의 상황을 떠올린 가운데 사내가 어두운 얼굴로 입을 열었다.

“……선창에 벌어진 틈으로 물이 새고 있네. 응급조치를 하기는 했지만, 공구도 넉넉하지가 않고 파도가 칠 때마다 틈이 벌어져서 일단은 자네가 말한 것처럼 계속 물을 퍼내고 있는 상황이라네.”

주변을 둘러보니, 갑판의 곳곳에는 물을 퍼 담을 수 있는 바가지와 대야들이 널브러져 있었다.

“일단 제가 공구들을 좀 챙겨오긴 했는데, 쓸 만한 게 있을지 한번 봐주시겠습니까?”

가방의 입구를 크게 열어 그 안에 담긴 공구들을 보여줬다.

“허…… 자네, 정말 이 많은 공구를 메고 저 배에서 여기까지 건너온 건가? 무슨 슈퍼맨도 아니고. 그나저나 이 공구라면, 선창의 틈은 충분히 메울 수 있을 것 같네.”

믿기지 않는다는 표정도 잠시.

지금까지 벌어진 일을 실제 두 눈으로 똑똑히 본 이상 믿지 않을 수가 없었다.

사내의 얼굴이 눈에 띄게 밝아졌다.

“그거 다행이군요. 그런데 혹시 성함이 어떻게 되십니까? 전 한정훈이라고 합니다.”

“아! 소개가 늦었네. 나는 영선호의 선장인 정상훈이네. 이쪽은 기자인 양보현, 저쪽은 만화가인 최재운이네.”

선장인 정상훈은 차례차례 자신의 옆에 있는 사람들을 소개해줬다.

비교적 마른 체형에 날카로운 눈매를 지닌 사람이 양보현.

흡사 과거 만화 캐릭터인 호빵맨과 같은 얼굴에 넉넉한 뱃살을 지닌 사람이 최재운이었다.

“아차차, 이러고 있을 때가 아니지. 일단 나는 내려가서 선창부터 수리를 하겠네.”

재빨리 내가 가져온 가방을 챙겨든 정상훈은 서둘러 선창으로 걸음을 옮겼다.

그 모습을 잠시 바라보던 양보현과 최재운에게 지금까지 궁금했던 점에 대해서 묻기 시작했다.

“그런데 구조 센터에 연락을 해보니까 신고 접수가 되지 않았던데, 대체 어떻게 된 겁니까?”

“그건…….”

질문을 받은 최재운이 양보현을 쳐다봤다. 그 모습에 양보현이 한숨을 푹 내쉬더니 입을 열었다.

“이게 모두 내가 멍청하게 굴어서 그렇다네. 그러니까 이게 어떻게 된 것이냐 하면…….”

양보현의 설명에 의하면, 세 사람은 대학교 동문으로 벌써 20년 가까이 호형호제 하는 사이였다.

그러던 중 가장 큰형이자 낚시광이었던 정상훈이 7년 전부터 제주도로 내려와서 본격적인 뱃사람 생활을 시작했다.

그때부터 두 살 터울인 양보현과 최재운은 매해마다 제주도를 찾아 휴가를 즐기고는 했다.

그리고 올해에도 어김없이 제주도를 찾은 두 사람은 정상훈을 찾았다.

하지만 이번 제주도 여행은 양보현과 최재운에게 조금 의미가 남달랐다.

과거와는 다르게 점차 나이가 들어감에 따라 두 사람은 한창 미래에 대한 스트레스를 받고 있었다.

그리고 이번 제주도 여행은 그 스트레스를 조금이나마 풀어 보기 위한 발걸음이었다.

그렇기 때문에 두 사람은 여행 직전부터 외부와의 연락을 끊고 이번 휴가를 제대로 즐기기로 마음먹었다.

그래서 큰형인 정상훈의 배를 타기 전 휴가를 즐기기 위해 휴대폰도 모두 꺼 버리고 바다로 나온 것인데, 지금과 같은 상황이 벌어진 것이다.

나 역시 한때 자신의 앞날에 대해 고민을 거듭한 적이 있었기 때문에 조금이나마 두 사람의 마음을 이해할 수 있을 것 같았다.

"그랬군요. 그런데 휴대폰은 그렇다고 해도, 혹시 배의 무전기도 고장이 난 겁니까?"

양보현이 고개를 끄덕였다.

"……이게 모두 내 잘못이야. 형님이 날씨도 좋지 않고 배의 수리가 필요하다고 출항을 만류했는데, 내가 억지로 바다로 나가자고 재촉했거든."

"형님, 그게 무슨 소리세요? 이게 어떻게 형님 잘못입니까? 기상청 일기 예보는 다 거짓말이라고 저도 옆에서 거들었으니, 제 책임도 큽니다."

자책 어린 양보현의 목소리에 최재운이 급히 손을 내저었다.

그 모습에서 나는 안도의 한숨을 내쉴 수 있다.

상상했던 것만큼 지금의 상황이 최악은 아니었기 때문이었다.

'다행이다. 서로가 책임을 전가하는 상황이었다면, 정말 큰일일 뻔했어.'

외부의 적보다 무서운 건 내부의 적이라는 말이 있다.

이는 구조 활동에서도 마찬가지였다.

아주 간단한 구조 작업이라고 할지라도 협조와 믿음이 없다면, 이는 최고난이도의 구조 작업보다 많은 힘이 들고 예상치 못한 수많은 변수가 생길 수 있다.

하지만 양보현과 최재운의 모습을 보면, 그런 걱정은 접어두어도 될 것 같았다.

서로를 아끼는 그들의 모습에서 원망보다는 진심 어린 걱정이 느껴졌기 때문이다.

"그럼, 잠깐이지만 두 분 모두 집에 전화라도 하시겠습니까?"

품속에 넣어 두었던 강대호의 휴대폰을 꺼내 앞으로 내밀었다.

잠시 휴대폰을 바라보던 최재운이 고개를 흔들었다.

"지금 이런 상황에서 전화를 하면, 괜히 쓸데없는 걱정만 하게 할 것 같네. 전화는 무사히 육지에 가면 그때 가서 하겠네."

"나 역시 마찬가지이네. 그런데 자네, 대체 무슨 생각으로 저 배에서 여기까지 넘어온 건가? 제 정신이 아니고서야 줄에만 의지해서 어떻게 저 파도를 뚫고……. 후우, 보는 내내 가슴이 졸여서 숨도 제대로 못 쉬었네."

"형님, 어디 그뿐입니까? 저 친구가 가지고 온 공구 무게만 족히 수십 kg입니다. 전 저 젊은 친구가 정말 슈퍼맨이나 배트맨인 줄 알았습니다."

두 사람의 놀란 목소리에 담담한 어투로 입을 열었다.

"도와달라고 하셨잖아요."

대답을 들은 두 사람이 눈을 동그랗게 떴다.

"그래서 할 수 있는 건 다해 보자는 심정으로 한 겁니다."

잠깐의 침묵.

양보현과 최재운의 얼굴에 먹먹한 감정이 그대로 드러났다.

"……젊은 친구가 사람을 감동시키는 재주도 대단하군."

"형님, 사실 전 지금 울 뻔했습니다."

"난 이미 마음으로 울었다. 기자 생활 15년 동안 수많은 사람을 취재하고 다녔지만, 당연한 얘기를 저렇게 당연하게 하는 사람은 몇 없었으니까."

"저도 마찬가지입니다. 저런 대사는 만화 캐릭터나 할 수 있는 건 줄 알았는데, 그래도 세상이 아직은 살 만한 것 같습니다. 그렇죠, 형님?"

"그래, 그런 것 같다."

"하하! 상황은 이런데, 이상하게 힘이 납니다."

두 사람이 어떠한 심정의 변화가 생겨서 이런 말을 하는지는 자세히 알 수 없다.

하지만 외부와 연락을 하기 싫어서 휴대폰을 두고 배에 올라탔던 두 사람이 이런 얘기를 할 정도라면, 분명 긍정적인 심정의 변화일 것이다.

첨벙첨벙-

잠시 두 사람과 대화를 나누고 있을 무렵.

선창으로 내려갔던 정상훈이 밝아진 얼굴로 걸어왔다.

"됐네, 됐어! 틈을 모두 메웠으니까 이제 물이 새는 걱정은 하지 않아도 되네."

"형님, 정말입니까?"

"후우. 이제야 한시름 놓았네요."

"이게 모두 저 젊은 친구 덕분이야. 고맙네, 정말 고마워. 자네가 우리 모두를 살린 거네."

땀과 빗물에 젖은 얼굴로 다가온 정상훈이 두 손으로 내 오른손을 꼭 잡아 쥐었다.

손을 타고 따듯한 온기가 전해져왔다.

"참, 여러분께 알려드릴 사실이 있습니다."

영선호의 세 사람에게 구조대와 통화한 내용과 더불어 현재의 상황에 대해서 간략하게 설명해줬다.

"……그러니까 여기서 조금만 이동하면 구조대가 올 수 있다는 얘기인가?"

"네, 그렇습니다. 이미 그쪽에서도 만반의 준비가 된 상황이니까요."

얘기를 모두 전해들은 세 사람의 얼굴이 눈에 띄게 밝아졌다.

이미 최악의 상황까지 생각해두고 있던 그들에게는 오히려 지금 내가 전하는 소식이 희망의 뉴스와 다를 바가 없었다.

"형님, 가능하겠습니까?"

"좌표계가 고장 나서 장담을 할 순 없지만, 애초에 이 근방은 내 앞마당이나 다름없는 바다네. 선창의 수리도 끝났고. 내 최선을 다해봄세."

양보현의 질문에 정상훈이 단단히 결심이 선 얼굴로 대답했다.

"좌표라면, 걱정할 것 없습니다. 저기 보이는 써니호를 따라가면 되니까요."

손을 들어 아직 시야에서 사라지지 않은 써니호를 가리켰다.

휴대폰을 이용해서 또 다시 나이트와 연결을 할 수도 있지만, 어쩔 수 없는 상황이 아니라면 가능한 한 나이트의 존재는 숨기는 것이 좋다.

써니호에 있는 아이들 역시 지금은 상황이 상황인지라 나이트에 대해서 별다른 의구심을 가지고 있지 않지만, 만약 모든 상황이 정리되고 나면 분명 휴대폰에서 흘러나온 목소리에 대해서 의문을 가질 것이다.

"아! 그렇군. 이럴 게 아니라, 더 멀어지기 전에 서둘러 쫓아가야겠네."

써니호 역시 좌표계가 고장 났다는 사실을 알지 못하는 정상훈은 순순히 내 말을 믿고 키를 잡기 위해 걸음을 바삐 움직였다.

그렇게 얼마의 시간이 흘렀을까?

하늘에 구멍이라도 뚫린 듯 쏟아지던 비가 서서히 가늘어지며, 당장이라도 배를 집어삼킬 것 같던 파도 역시 잠잠해지기 시작했다.

다다다다다!

"어? 저, 저기!"

이마에 흐르는 땀을 닦아내며 하늘을 바라보던, 최재운이 깜짝 놀란 표정으로 소리를 내질렀다.

그곳에는 그토록 고대하며 기다리던, 해양경찰이라는 로고가 선명하게 박힌 헬기가 구름을 헤치며 날아오고 있었다.

대략 반나절.

정확한 시간으로 환산하자면 13시간 58분.

제주도의 안전 센터와 해안경비단의 협조 아래 바다에서 표류한 두 척의 배와 10명의 사람을 구조하기 위해 소요된 시간이었다.

누군가에게는 아주 짧고 또 누군가에는 아주 길 수도 있는 이 시간 동안 대한민국의 온라인 세상은 화끈하다는 말이 부족할 정도로 불타오르고 있었다.

[제주도 119에는 구조헬기가 없다는 게 실화냐?]

나 오늘 뉴스 보고 처음 알았다. 제주도 119에는 구조 헬기가 없다며?

그래서 이번에 바다에 표류됐다가 구조된 그 배들도 해경 협조가 없었으면, 곤란했을 거라고 하던데, 이거 솔직히 너무한 거 아니냐?

찾아보니까 제주도 인구가 60만에 매해 관광객 인구만 천 만이 넘는다던데.

이 정도면 혹시 모를 상황에 대비해서 헬기 몇 대 정도는 구비해 둬야 하는 거 아님?

시발, 시에서 돈을 쓸어 담고 있을 텐데. 대체 돈을 어디다 쓰는 거야. 존나 답답해서 글 남긴다.

ㄴ응, 제주도 소방서도 헬기 있어. 아래 링크 단다.

ㄴ병신아! 기사 똑바로 안 읽음? 수리온 헬기 도입 예정이라는 거잖아.

ㄴ알못 ㅇㅈ

ㄴ그나마 그것도 안정성 문제로 인해 취소될 위기임ㅎ

ㄴ근데 기사 보니까 영선호인가 하는 그 배는 물이 새어 가지고 침수할 뻔했다던데. 어떻게 구조된 거임?

ㄴ다른 배에 있던 사람이 넘어가서 공구 가져다줬다던데?

ㄴ병신아. 그게 말이 되냐? 가서 파도치는 영상부터 보고 와라. 무슨 해병대나 특전사도 아니고 저 파도에 공구

전달하는 건 무리다.

ㄴ특전사 중사 전역인데 저런 건 저희도 못합니다.

ㄴ전 해병대 출신인데 저도 당연히~ 못합니다.

ㄴ해병대 ㅁㄱ?

ㄴ1,158기

ㄴ난 1,130기 ^^

ㄴ필승!

ㄴ미친 해병대 새끼들. 기수 놀이 극혐이다.

온라인뿐만 아니라 써니호와 영선호 탑승자들의 무사생환 소식이 전해지자 언론은 기다렸다는 듯 준비해두었던 기사를 일제히 토해내었다.

-자연재해도 막을 수 없던 도전! 써니호와 영선호 전원 무사생환!-

-위기일수록 빛을 낸다. 써니호와 영선호 구조 과정에 대한 해경 입장 발표 정리-

-반나절의 사투! 써니호와 영선호의 그 위험했던 표류 현장-

-안전 불감증? 119와 해경이 잡는다. 숨 막혔던 반나절 간의 사투-

-밀착 취재! 숨 막히던 반나절의 구조 작업!-

사실 바다에서 표류 중이었던 배를 구조한 사건이 기사는 될 수 있어도, 대중의 큰 관심을 이끌어내기에는 힘든 내용이다.

좀 더 정확히 말하자면, 2~3일 정도 공중파 뉴스에서 소식을 다루다가 사라질 그런 기사였다.

하지만 때마침 대한민국은 KV 백화점이 붕괴되고 전반적으로 안전 불감증이 대두되고 있는 상황이었다.

여기에 써니호에 탑승하고 있는 사람을 구하기 위해 다양한 계층의 사람들이 필사적으로 움직였다.

그러다 보니 무사 구조 소식과 함께 움직였던 사람들의 인터뷰와 더불어 온갖 기사가 올라올 수밖에 없었다.

문제는 그 기사에 비교적 자세한 상황과 실명이 거론되기 시작할 때부터였다.

[조난당했던 써니호의 탑승자. 알고 보니 요식업계 큰손의 딸?]

써니호에 탑승해 있던 승객들이 제주도로 M.T를 온 한국대학교 법학과 학생들임이 전해진 가운데, 구조된 이들 중 한 명인 이 모 씨가 요식업계의 큰손으로 알려진 이종원 씨의 딸임이 알려져 세간에 관심을 끌고 있다.

2000년 초 이태원에서 스테이크 전문 레스토랑을 개업한 이종원 씨는 현재 약 50개의 식당을 보유하고 있는 업계의 큰손으로 알려져 있다.

특히 이종원 씨는 그간 방송계와 더불어 정계에도 두꺼운 인맥을 갖고 있는 것으로 밝혀왔다.

이 때문에 이번 사고에서도 딸을 구조하기 위해 본인의 인맥을 어디까지 동원했느냐에 대한 관심이 쏠리고 있는 상황이다.

누리꾼 WEDFD***님은 '만약 내 딸이 저런 상황이고 자신이 대통령과 아는 인맥이라면, 망설이지 않고 도움을 청할 것이다.', 인생**님은 '이번에 해경과 119구조대가 빠르게 연합해서 움직인 것을 보면, 이종원 씨가 자신의 인맥을 동원해서 힘을 쓴 게 아니겠냐?' 등의 의견을 남겼다.

한편, 써니호에는 이종원 씨의 딸 이외에도 전 올림픽 금메달리스트이자 현 체육협회 회장인 송태산 씨의 딸도 함께 있던 것으로 알려져 더욱 큰 관심을 받을 것으로 예상된다.

BEST 위기의 순간에서 더욱 빛나는 금수저.

ㄴ공감하고 갑니다.

ㄴ하긴 가진 것 없는 사람들이 배에 타고 있었으면, 이렇게 빨리 구조됐을 리가 없지.

ㄴ에이, 설마 그럴라고? KV 백화점 때 그 난리를 쳤는데. 난 아니라고 본다.

ㄴ님, 난리쳐서 바뀔 대한민국이었으면, 이미 백만 년

전에 바뀌었음.

ㄴㅇㅈ 그래도 금수저인 걸 떠나서 크게 다친 사람이 없어서 천만다행입니다.

ㄴ그러니까요. 크게 다친 분 없어서 정말 다행이요.

이렇듯 다양한 기사가 올라오는 가운데, 영선호에서 구조된 사람들의 인터뷰를 담은 기사 역시 하나둘 올라오기 시작했다.

하지만 문제는 바로 그날 저녁에 올라온 기사에 담긴 인터뷰 내용이었다.

[영선호와 써니호의 구조! 그 속에 숨겨진 영웅이 존재했다? -1부-]

본 특집 기사는 3부로 예정되어 있음을 미리 밝혀 둡니다.

바로 어제 오후 제주 앞바다에 표류되었던 영선호와 써니호에 타고 있던 10명의 승객이 전원 무사히 구조되었다.

이에 대해서 대부분의 사람들은 119구조대와 해경이 발 빠른 연합 작전을 통해 승객을 구조한 것으로 알고 있다.

하지만 본 기자는 영선호에 탑승했던 선장 정 씨와의 인터뷰를 통해 이번 구조에 결정적인 역할을 한 사람이 있음을 확인할 수 있었다.

인터뷰에 응했던 영선호의 선장 정 씨는 당시 영선호의 상태가 세간에 알려진 것보다 더욱 심각하고 위험했다는 사실을 밝혔다.

배의 좌표를 확인할 수 있는 좌표계와 무전기는 고장 났으며, 출항할 당시 힐링이라는 이유로 외부와 연락을 취할 수 있는 유일한 수단인 휴대폰마저 육지에 두고 왔던 것이다.

문제는 이렇듯 외부와 전혀 연락을 취할 수 없는 상황에서 영선호의 선창에 금이 가며 물이 새기 시작했다는 점에 있다.

당시 영선호에 실려 있던 공구들로는 선창의 파손된 부분을 수리할 수 없는 상황이었다.

정 씨는 그때의 상황을 떠올리며, 외부와는 연락을 취할 수 없는데 갑작스러운 기상 악화로 선창에 물이 새기 시작하면서 정말 모든 것이 끝이라고 생각했다는 소감을 밝혔다.

그러면, 이런 최악의 상황에서 대체 영선호는 구조대가 올 때까지 어떻게 버틸 수 있던 것일까?

이에 대한 해답은 영선호에서 발견된 써니호의 공구들로 풀 수 있었다.

써니호의 누군가가 배에 실린 공구를 영선호로 전달한 것이다.

하지만 본 기자는 정 씨와의 인터뷰에서 한 가지 이상한 점을 느낄 수 있었다.

당시 써니호 역시 좌표계의 고장과 기상 악화, 선장인 박 씨의 급성 뇌출혈로 구조대의 도움만이 유일한 탈출구인 상황이었다.

이런 상황에서 써니호의 공구들이 어떻게 영선호로 전달될 수 있었을까?

인터뷰에 응해준 정 씨는 이에 대해서 말을 아꼈지만, 본 기자는 해경의 관계자를 통해 출발을 할 당시에는 써니호의 탑승 명부에 이름을 올렸지만 구조는 영선호에서 된 사람이 있음을 찾아낼 수 있었다.

이와 관련된 내용은 명일 2부에서 자세히 다룰 예정이다.

-애국일보 차태현 기자-

ㄴ애미야~ 기사가 너무 길다. 요약이 필요하다.

ㄴ누가 3줄 요약 좀.

ㄴ1. 영선호 상황이 완전 최악이었음. 2 구조대가 오기도 전에 바다에서 침몰할 상황. 3. 써니호의 물건(?)이 영선호에서 발견됨. 4. 출발할 때 써니호에 타고 있던 사람이 영선호에서 발견. 망할 왜 4줄이냐.

ㄴ 잠깐만, 그럼 영선호를 구하자고 누가 써니호에서 공구 들고 넘어갔다는 거임? 그 파도를 뚫고?

ㄴ 미친 ㅋㅋ 무슨 히어로 영화냐? 아니 이 정도면, 공포 영화인가?

ㄴ 기레기 새끼가 관심 받고 싶어서 약 파는 거 아님? 상식적으로 말이 되는 소리를 지껄여야지.

ㄴ 나 그날 바다 상황 영상으로 봤는데, 사람이 넘어가고 어떻게 할 상황이 아니던데;; 레알 파도에 휩쓸리면 비명도 지르기 전에 뒤질 것 같더라. 영상 보면서 사실 살짝 지렸음.

ㄴ 그러니까 ㅂㅅ들아. 기레기가 관심 받고 싶어서 지랄하는 거라고. 관심 주지 말라고!

ㄴ 근데 기사 쓴 사람 애국일보 차태현 기자인데? 이 사람 전에 연예인 성상납이랑 기업과 정치인 비리 관련해서 특집 기사 쓴 사람 아니냐? 그리고 애국일보가 메이저 신문사는 아니지만, 찌라시나 돌리는 인터넷 신문이랑 다르게 나름 공신력이 있는 신문이잖아.

ㄴ 어? 그러고 보니까 그 사람이네.

ㄴ 이 사람 기레기 아니다. 좆같은 기레기 새끼들이랑 비교 하지 마셈.

ㄴ 뭐야? 그럼 저 기사가 사실이라고?

ㄴ 갑자기 존나 소름 돋네.

밤사이 올라온 하나의 기사와 수백 개의 댓글.

그곳에서 서서히 폭풍이 생겨나고 있었다.

Chapter 85. 한정훈이 누구인가요?

“후우. 어떻게든 일은 해결됐네. 이제 남은 건 뒷수습을 어떻게 하느냐 인데.”

스윽-

고개를 돌려 호텔 침대에 누워 쥐죽은 듯 잠에 빠져 있는 강대호와 문철주를 바라보며, 조금 전에 있었던 일들을 떠올렸다.

구조 직후 박연 선장은 항구에 대기하고 있던 구급차를 통해 곧장 제주 병원으로 이송되었다.

반면, 이혜인과 송선미는 경호원으로 보이는 이들과 함께 검은색 세단을 타고 장내를 벗어났다.

구조대와 해경 역시 특별한 제제를 가하지 않는 것으로 봐서는 사전에 얘기가 된 것처럼 보였다.

그 뒤로는 크게 복잡한 상황은 벌어지지 않았다. 기자들 몇몇이 인터뷰를 요청했지만, 해경의 통제로 인해 인터뷰는 진행되지 않았다.

그사이 영선호의 사람들과는 작별 인사를 나누고 감사의 인사로 전화번호를 교환하고는 헤어졌다.

따로 원할 경우에는 병원으로 이동해서 검사를 받을 수도 있었지만, 영선호와 써니호에 탑승했던 사람들 중에서 당장 치료를 필요로 한 사람은 박연 선장뿐이었기 때문에 추가로 병원으로 이동한 인원은 없었다.

덕분에 나를 비롯한 신소연과 문철주, 강대호 같은 경우에는 따라 갈 곳이 없는 상황이었기 때문에 M.T 숙소로 잡혀 있던 호텔로 향했다.

호텔에 도착하기 무섭게 주변의 관심은 폭발적이었지만, 다행히 지도 교수님들의 배려로 인해 곧장 숙소에서 휴식을 취할 수가 있었다.

또한 앞으로 남은 M.T의 공식 일정 또한 원할 경우 참석하지 않고 휴식을 취해도 되게끔 조치를 해줬다.

그편이 우리는 물론 학교 측에서도 시끄러움을 미리 방지할 수 있기 때문이었다.

덕분에 문철주와 강대호는 부모님과의 전화 통화 직후

샤워를 마치고는 이처럼 죽은 듯 잠을 청할 수 있었다.

"하긴 그런 일을 겪었으니, 힘이 들 만도 하지. 보통 사람이라면, 일생에 한 번 겪을까 말까 한 일이니까. 그나저나……."

드르륵-

"기자님들 아주 열일 하시네."

휴대폰을 통해 기사를 검색하자 이번 구조와 관련해서 수많은 기사들이 올라오고 있었다.

대부분이 추측성 기사였지만, 개중에는 당사자들과의 인터뷰를 통해 꽤 정확한 사실을 담고 있는 기사들도 더러 있었다.

"그래도 이건 조금 골치가 아프네. 나이트를 이용해서 기사를 내렸다가는…… 더 큰일이 벌어질 테고 말이야."

나이트의 능력을 이용하면, 인터넷에 퍼진 기사를 내리는 것쯤은 충분히 가능할 것이다.

하지만 그랬다가는 분명 이에 대한 의문을 품고 수상하게 생각하는 사람들도 생기게 될 것이다.

물론 이 또한 안 집사의 도움을 통해 D.K 그룹의 힘을 사용한다면, 충분히 잠재우는 것이 가능하다.

세간을 떠들썩하게 만들었던 도깨비 도사에 대한 얘기도 손진석이 움직이자 완전히 사라지지 않았던가?

결국 이 모든 건 시간이 해결해 줄 일이었다.

다만, 최대한 이슈가 되지 않고 사람들의 기억 속에서 오래가지 않도록 만드는 것이 중요했다.

딩동-

"응?"

문 밖에서 들리는 초인종 소리에 고개를 갸웃거렸다. 마땅히 찾아 올 만한 사람들이 없기 때문이었다.

끼익-

"누구…… 안 집사님? 레이아? 두 분이 어떻게?"

놀랍게도 열린 문 사이로 기다리고 있는 사람은 안 집사님과 레이아였다.

"후우, 이렇게 보니 이제야 안심이 되는군요. 에이션트 원, 정말 천만다행입니다."

"다친 곳은 없어 보이네요. 다행이에요."

걱정 어린 표정을 짓고 있는 두 사람을 보니, 입가에 절로 미소가 걸렸다.

"두 분께 걱정 끼쳐서 죄송합니다."

레이아가 눈을 흘기며 입술을 삐죽 내밀었다.

"정말이지…… 에이션트 원 때문에 심장이 제자리에 있을 턱이 없네요. 이번에 저희가 얼마나 놀랐는지 아세요?"

"레이아!"

"왜요! 제가 없는 말을 한 것도 아니잖아요. 에이션트 원도 아실 건 아셔야죠. 에이션트 원, 안은 에이션트 원을 구하고자 한국의 군대까지 동원하려고 했어요. 무려 이 나라의 대통령과 거래를 하면서 말이죠."

"……정말 그러려고 하셨어요?"

아무리 나라고 해도 이건 놀랄 수밖에 없었다.

'그때 그 말이 농담이 아니라 설마 진심이었던 거야?'

상황을 볼 때 최선을 다하겠다는 말 정도로 생각했었는데, 아무래도 내가 안 집사님을 과소평가한 것 같다.

대통령과 거래를 해서 군대를 움직이려고 했다니? 강심장인 나라고 해도 충분히 놀랄 만한 얘기였다.

"할 수만 있다면, 그보다 더한 일이라도 했을 겁니다. 자, 여기서 이렇게 얘기를 나눌 게 아니라 일단 자리를 옮기시죠."

"음, 그럼 그렇게 할까요?"

슬쩍 고개를 뒤로 돌려 죽은 듯 잠들어 있는 강대호와 문철주를 확인하고는 고개를 끄덕였다.

문 앞에서 계속 얘기를 나누기에는 잠들어 있는 두 사람이나 나를 찾아온 두 사람에게도 예의가 아니었다.

저벅저벅-

안 집사의 안내에 따라 옮긴 곳은 호텔의 최상층이었다.

"지금 가는 곳은 크라운 호텔에서도 아주 특별한 방이에요."

"특별한 방?"

"네, 말 그대로 로열패밀리의 방이거든요."

"스위트룸을 말하는 건가요?"

"호호, 그렇다고 할 수 있지만 일반적인 스위트룸은 아니랍니다."

지도 교수님들 역시 스위트룸에 머물고 계시지만, 레이아의 설명에 의하면 지금 향하는 스위트룸은 조금 특별한 곳이었다.

크라운 호텔에 단 5개만 존재하는 스위트룸으로, 평상시에는 공실로 두고 홈페이지에는 등록조차 되지 않아 예약이 불가능하다.

그럼 어떤 사람들이 이용할까?

호텔의 오너 일가, 그중에서도 직계.

혹은 그에 준하거나 그만한 대우를 받을 필요가 있는 사람만이 지금 향하고 있는 스위트룸을 이용할 수 있었다.

그렇기 때문에 애초에 마스터키가 없으면, 엘리베이터에서 스위트룸이 존재하는 최상층으로 이동할 수가 없었다.

삑-

"……방 한번 끝내주네요."

레이아가 열어준 스위트룸의 안으로 들어서자마자, 거대한 반투명 유리창 너머로 제주의 푸른 바다가 시야에 들어왔다.

마치 어제 일이 거짓인 것처럼 유리창 너머로 보이는 바다는 잔잔하고 고요하기 짝이 없다.

"이렇게 보니 참 얄밉네요. 어제까지만 해도 그 고생을 시키더니."

"저희도 마찬가지입니다. 에이션트 원, 일단 앉으시죠."

안 집사의 권유에 레이아와 함께 방의 중심에 배치된 소파에 앉았다.

"힘든 일을 겪으신 분께 바로 이런 얘기를 해서 죄송하지만, 일단 이것부터 보셔야 할 것 같아요."

자리에 앉기 무섭게 레이아가 내민 것은 태블릿 PC였다. 태블릿에는 인터넷 기사 하나가 떠올라 있었다.

"이건……."

[영선호와 써니호의 구조! 그 속에 숨겨진 영웅이 존재했다? -1부-]

기사를 확인한 순간 양미간이 절로 모아졌다. 이건 내가 휴대폰으로 미처 확인하지 못했던 기사였다. 그 모습을 보며, 레이아가 지체 없이 질문을 이어갔다.

"일단은 에이션트 원께 묻고 싶어요. 이 기사의 내용이 사실인가요?"

빠르게 태블릿의 화면에 노출된 기사를 훑어보니 대부분의 내용은 사실이었다.

그러다가 기사에 적힌 영선호의 선장 정 씨라는 글귀가 눈에 들어왔다.

'이름이 정상훈이라고 하셨나?'

온몸으로 비를 맞으면서도 이리저리 분주하게 뛰어다니던 정상훈 선장의 얼굴이 머릿속에 떠올랐다.

동시에 조금은 짜증났던 마음이 진정되기 시작했다.

사람의 한 가지 행동을 보면, 열을 알 수 있다고 했다.

배에서 보여준 행동을 생각해보면, 나를 곤란하게 하기 위해 일부러 이런 인터뷰를 하신 것은 아닐 것이다.

"이렇게 빠르게 기사가 나올 줄 알았다면, 인터뷰는 최대한 자제해 달라고 부탁이라도 할 걸 그랬네요."

상황이 상황인지라 경황이 없어 미처 부탁을 하지 못했던 내용이었다.

그러니 딱히 인터뷰에 응한 정상훈 선장을 탓할 수는 없는 노릇이었다.

자책 어린 중얼거림을 들은 레이아의 눈매가 가늘어졌다.

"그 말씀은 여기 적혀 있는 인터뷰 내용이 사실이라는 말인가요?"

"네, 맞습니다. 제가 써니호에서 영선호로 수리에 필요한 공구들을 옮겼습니다."

굳이 이 같은 사실을 두 사람에게 숨길 필요는 없었다.

앞으로 계획하고 있는 일을 진행하기 위해서도, 안 집사와 레이아는 나에 대해서 어느 정도 알고 있는 것이 좋았다.

"……"

레이아가 멍한 표정을 지었다.

안 집사의 얼굴 또한 그와 비슷했다.

"하지만 기사를 보면, 당시 써니호의 박연 선장은 뇌출혈로 쓰러져서 배를 몰 수 있는 상황이 아니지 않았습니까? 더군다나 파도가 높아 구조대도 접근할 수 없는 상황이었는데, 대체 어떻게 그쪽으로 넘어가신 겁니까?"

"얘기하자면, 조금 긴데 괜찮겠습니까?"

"물론입니다. 이후의 상황을 대처하기 위해서라도 어떠한 일이 벌어졌는지 알아야 하니까요."

"알겠습니다. 그럼, 처음부터 말씀드리도록 하죠."

안 집사와 레이아에게 당시의 상황을 차근차근 설명해줬다.

얘기가 진행될수록 두 사람의 표정이 시시각각 변했다.

"……그렇게 된 겁니다."

"잠깐만요. 아무래도 이건 맨 정신으로 듣기에는 조금 힘든 것 같네요. 위스키라도 한 잔 마셔야겠어요."

"나도 한 잔 부탁하지."

레이아가 소파에서 몸을 일으켜 세우자 안 집사가 검지를 치켜들었다.

조르르-

거실에 위치한 미니바에서 꺼낸 위스키를 잔 두 개에 가득 채운 레이아가 그중 하나를 안 집사에게 넘겼다.

그리고는 곧장 자신의 잔에 담긴 위스키를 단숨에 들이켰다.

꿀꺽- 꿀꺽-

"하아. 솔직히 말하자면, 전 에이션트 원의 말을 온전히 받아들이기 어려워요. 마치 무슨 영화 속에 나오는 히어로 같잖아요? 배를 운전한 건 그렇다고 해도, 다른 배에 줄을 연결해서 파도를 뚫고 넘어가다니…… 평범한 사람의 입장에서 그게 말이 될 법한 소리에요? 말해 봐요, 안. 당신도 그렇게 생각하죠?"

레이아의 질문에 안 집사 역시 고개를 끄덕였다.

잠깐의 침묵.

잔에 담긴 위스키를 한 모금 들이킨 안 집사가 입을 열었다.

"레이아처럼 저 역시 믿기 힘든 건 사실입니다. 하지만 그래도 전 에이션트 원의 말을 믿습니다. 굳이 이런 사실을 거짓으로 꾸며 저희들에게 말할 이유가 없으니까요. 그렇지 않나, 레이아?"

"그, 그거야 그렇지만요. 하지만……. 하아, 정말 모르겠네요."

두 사람의 반응에 난 입가에 미소를 지었다.

믿기 힘들다고 말하면서도 두 사람은 서서히 수긍을 하고 있었다.

이 또한 충분히 예상했던 반응이었다.

어느 날 갑자기 나타나서 별다른 대가 없이 오천억짜리 무기명채권을 던진 사람이 하는 얘기였다.

사실은 내가 외계인이었다고 말해도 단숨에 거짓말이라고 생각하지 못할 것이다.

"그래서 에이션트 원께서는 앞으로 어찌하실 생각이십니까? 조금 전의 기사는 물론이고, 시간이 흐를수록 더 많은 기사들이 올라올 겁니다. 원하신다면, 회사 차원에서 대응할 수 있도록 조치를 취하겠습니다."

"안! 잠깐만요. 그렇게 하면, 언론이 이상하게 생각할 게 뻔하잖아요. 분명 D.K 그룹과 무슨 관련이 있는지 파고들게 분명해요. 그걸 저희가 모두 막는 건 불가능해요."

"레이아, 자네 말도 맞아. 하지만 에이션트 원을 구하기 위해 손을 쓴 순간부터 이미 청와대는 물론 각 계층에서 우리와 에이션트 원의 관계에 대해서 촉각을 곤두세우고 있을 거야. 물론, 당장은 배에 타고 있는 사람들 중 누가 우리와 관련이 있는지를 파악하는 데 중점을 두겠지만, 결국은

이 또한 밝혀질 일이지."

"으음……."

레이아에게서 시선을 돌린 안 집사가 나를 바라보더니 고개를 숙였다.

"죄송합니다. 당시에는 에이션트 원을 구해야 한다는 생각 때문에 주변의 눈을 신경 쓸 겨를이 없었습니다."

"괜찮습니다. 그게 어디 안 집사님 잘못인가요? 오히려 잘못을 따지자면, 애초에 이런 일을 만든 저한테 있겠죠. 그러니까 그렇게 사과하실 필요는 없습니다. 그리고 좀 전에 하셨던 질문에 대한 대답부터 하자면, 악의적인 허위사실이 올라오지 않는 한 굳이 대응은 하지 않을 생각입니다."

"네?"

"어차피 지금과 같은 기사에 열광하는 분위기는 시간이 지나면 가라앉을 테니까요. 사람들이 영웅에 열광하는 건 그들이 계속해서 악당을 쳐부수고 사람을 구하기 때문이죠. 마블의 아이언맨이나 코믹스의 슈퍼맨이 단 한 번만 사람들을 구하고 끝냈다면, 누가 그들을 영웅이라고 불렀을까요?"

평범한 삶과 일상에 지친 사람들은 항상 자극적인 것에 목말라 있다.

영화 속의 영웅들이 상대하는 악당만 봐도 그렇다.

첫 시즌에서 영웅이 상대하는 악당은 조금은 특별한 힘을 가진 인간인 경우가 대부분이다.

하지만 시즌이 계속될수록 악당은 우주의 괴물로까지 진화한다.

영웅에게 계속된 시련이 주어지고, 관중들은 그가 그것을 헤쳐나가는 모습을 바라보며 대리만족을 통해 일상에서는 맛보지 못한 카타르시스를 느끼기 때문이었다.

뉴스나 인터넷 기사도 그렇다.

경찰이나 소방관이 사람을 구했다는 것에 과연 박수를 치는 사람이 얼마나 될까?

대부분은 그들이 당연히 해야 할 일을 했다고 생각할 것이다.

그들의 기본 업무 자체가 타인의 생명과 자산을 보호하는 데 목적을 두고 있기 때문이다.

반면, 일반인이 누군가를 구하면 대단한 일을 해낸 것처럼 언론의 조명을 받는다.

하지만 이것 역시 잠깐일 뿐이다.

그 일반인은 계속해서 그런 대단한 일을 보여줄 수 없기 때문이었다.

그렇기 때문에 KV 백화점 붕괴 사고와 연관 검색어로 나오는 도깨비 도사 역시 사람들의 기억 속에서 빠르게 사라진 것이다.

만약 내가 계속해서 도깨비 도사로 활동하며 다른 사고 현장에서 사람을 구했다면, 이렇게 빠른 시간 내에 사람들의 기억 속에서 잊히지는 않았을 것이다.

이번에도 역시 마찬가지였다.

지금이야 신기하고 재미난 내용으로 기사거리가 되겠지만, 언제 그랬냐는 듯 사람들은 일말의 관심도 두지 않을 게 분명했다.

그들의 흥미를 돋우는 새로운 가십이 등장할 경우, 그 속도는 더욱 가속화될 것이다.

"그럼, 이대로 아무런 대처도 하지 않고 그냥 두실 생각이십니까?"

"네, 전 오히려 이 흐름을 이용해볼까 합니다."

"이용이요?"

레이아의 반문에 탁자 위에 있는 태블릿 PC를 들고서 화면을 두드렸다.

원하는 내용이 나오자 안 집사와 레이아가 보기 편하도록 화면을 반대 방향으로 돌려 보여줬다

"이건 사법 고시 일정이 아닙니까?"

"네, 그리고 그 다음에 있는 건 5급 공무원 시험 일정입니다. 앞으로 대략 3주 정도의 시간이 남아 있죠."

안 집사가 고개를 갸웃거렸다.

"저희에게 이걸 보여주시는 의중을 여쭤 봐도 되겠습니까?"

"제가 한국대학교 법대에 재학 중인 건 두 분 모두 알고 계시죠?"

두 사람이 고개를 끄덕였다.

"올해 2학년인 걸로 알고 있습니다."

"네, 그래서 이번 사법 고시에 도전할 생각입니다."

"올해 말입니까? 그건 너무 빠른 것 아닙니까?"

대학교 4년.

그리고 2~3년의 고시원 생활.

수험 기간에 장단은 있으나, 대략 6~7년의 기간을 고시 공부에만 전념해서 합격해도 결코 늦지 않은 게 바로 사법 고시였다.

물론 대학교에 재학 중에 사법 고시에 합격하는 사람들도 있었으나, 그들은 소위 말하는 수재들에 한한 경우였다.

더욱이 그게 2학년 때라면, 천재라고 부르기에 부족함이 없었다.

"이미 공부는 충분히 했습니다. 그리고 사법 고시 1차 시험이 끝나면, 곧장 5급 공무원 시험에 응시할 생각이고요."

레이아가 급히 손을 들었다.

"저기 잠깐만요. 제가 한국 사회에 대해서 많이 아는 건 아니지만, 지금 에이션트 원이 말하는 건 하나 같이 엄청난 시험들 아닌가요? 예전에는 그런 시험에 붙으면 '개천에서 용났다.' 라는 말을 쓴다고 했던 것 같은데요?"

그녀의 표현에 입가에 살짝 미소가 생겨났다

“한국을 모른다는 말 치고는 속담까지 정확하게 알고 있는데요? 맞습니다. 신분이 변변치 못한 사람이 제가 말한 시험에 합격했을 경우, 방금 레이아가 말한 것처럼 개천에서 용이 났다라는 표현을 쓰고는 했죠. 대한민국 사회에서 이만큼 한 번에 신분 상승을 할 수 있는 방법도 없었으니까요.”

이건 어디까지나 엄연한 사실이었다.

당장 80~90년대까지만 해도 사법 고시에 합격한 검·판사 사위를 집안에 들이려면, 족히 다섯 개의 열쇠는 필요하다는 말이 있었다.

또한, 사법 고시에 합격하게 되면 사법 연수원에서 2년 동안 교육을 받게 되는데, 이 기간 동안 일명 마담뚜라 불리는 중매인들에게 무수하게 많은 연락을 받게 된다.

당연하지만, 이 마담뚜들이 주선해주는 사람들은 앞서 말한 다섯 개의 열쇠 정도는 너끈히 만들어 줄 수 있는 부를 가진 사람들이었다.

부를 축적했으나 남들에게 인정받을 만한 명예를 소유하지 못한 그들에게 가난한 집안 출신의 사법 연수원생들은 매력적인 장기말이었다.

그렇기 때문에 돈 없고 빽 없는 사람에게 있어 사법 고시는 그야말로 한순간에 대한민국 상류층으로 입성할 수 있는 골든 문이라 할 수 있었다.

'그렇기 때문에 나 역시 법대에 진학한 거였으니까.'

가난이 싫었고 부자가 되고 싶었다.

하지만 현실을 냉정하게 봤을 때, 내가 할 수 있는 건 그나마 조금 똑똑한 머리로 악착 같이 공부를 하는 수밖에 없었다.

사업? 물론 사업을 해서 돈을 벌 수도 있다.

하지만 가진 것 없는 사람이 사업을 통해 돈을 버는 건 낙타가 바늘구멍을 통과하는 것보다 더욱 힘든 일이었다.

이미 21세기의 사업은 번쩍이는 아이디어가 있다고 해도 압도적인 자본금 앞에서는 벌레처럼 짓밟힐 수밖에 없는 구조이기 때문이었다.

"하지만 에이션트 원은 이미 많은 걸 가졌어요. 굳이 저런 시험을 봐서 신분 상승을 도모할 필요가 있나요? 혹시 누가 에이션트 원을 무시하기라도 했어요? 그런 거라면 지금 당장……."

"그런 게 아니에요."

레이아의 말대로 지금의 내가 가진 것을 보자면, 신분 상승은 의미가 없다.

지나가는 사람을 붙잡고 한 번 물어보자.

5천억 vs 검사 혹은 고위 공무원.

과연 둘 중에 무엇이 되고 싶은가 하고 말이다.

머리에 문제가 있지 않고서야 당연히 전자를 선택할 것이다.

그런데도 굳이 사법 고시를 보려고 하는 이유는 하나뿐이었다.

“세상에는 돈만으로는 할 수 없는 일이 많다는 걸 알았거든요.”

“네?”

“그리고 물론 명예나 권력만 가지고 있어도 안 되죠.”

사실 돈이냐 권력이냐를 놓고 고민을 할 때도 있었다.

하지만 짧은 시간 조선의 임금이었던 정조, 이산이 되어 보고 나서 깨달은 사실이 하나 있었다.

‘하나의 힘만으로는 부족하다.’

세상에는 조선 팔도의 주인이자 권력의 정점이며, 엄청난 재물을 지닌 왕조차도 마음대로 할 수 없는 일이 무척 많았다.

그 당시와 지금은 시대가 다르긴 했지만, 어차피 사람이 무리를 이뤄 살아가는 사회 구조의 기초는 변하지 않았다.

그리고 이런 사회에서 세상을 바꾸고 변화하려고 하면, 반드시 필요한 것이 바로 인정이었다.

이 사람이 팥으로 메주를 쑨다고 해도 가능하다고 생각할 정도의 믿음이 있는 인정 말이다.

따라서 만인지상의 자리에 있는 임금이라 할지라도 신하와 백성의 인정을 받지 못하면, 때로는 자신의 뜻을 굽혀야 할 때도 있던 것이다.

물론 그 뜻을 굽히지 않고 밀고 나간 임금 또한 존재하기는 했다.

하지만 그들의 마지막은 대부분 배드 엔딩으로 끝이 났다.

"세상의 인정. 하고 싶은 일을 하기 위해서는 돈도 권력도 필요하지만, 무엇보다 세상의 인정이 필요하다는 걸 알았습니다. 그리고 전 지금 아주 좋은 기회를 하나 얻은 셈이고요."

머릿속으로 생각을 정리하던 안 집사가 눈을 반짝이며 입을 열었다.

"살신성인의 행동을 보인 대학생이 법조인 혹은 공무원 시험을 치르면, 당연히 세간의 관심이 쏠리겠군요. 만약 합격까지 하신다면, 더욱 큰 관심을 받게 될 것이 분명하고요."

"아! 확실히……."

한 발 늦게 상황을 파악한 레이아가 짧은 탄성을 내뱉었다.

"자신의 몸을 희생해서까지 사람을 구하려고 한 사람이 법조인이나 공무원이라면, 엄청난 신뢰를 받을 수 있겠네요. 한국인은 그런 거에 굉장히 민감하잖아요."

입가에 짓고 있던 미소가 한층 진해졌다.

"정확합니다. 그리고 만약 그런 사람이 KV 그룹의 백화점 붕괴 사고와 더불어 그들의 비리와 잘못을 정면으로 조준한다면, 국민들이 어떤 반응을 보일까요?"

"그건……."

레이아가 말을 삼켰다. 할 말을 잃었기 때문은 아닐 것이다.

순간 그녀의 머릿속에 어떠한 그림이 그려진 것이다.

그리고 그 그림은 마찬가지로 안 집사의 머릿속에도 떠올랐다.

두 사람을 보며 말을 이어나갔다.

"당연히 여론은 제게 호의적인 반응을 보일 겁니다. 아니, 적어도 주변에서 섣부르게 저를 건드리는 사람은 없을 거예요. 국민의 눈과 귀가 제가 하는 행동과 말에 쏠려 있을 테니까요."

레이아가 고개를 끄덕였다.

"물론 그렇겠죠. 하지만 KV 그룹은 수십 년 동안 대한민국에서 군림해 온 거대 재벌이에요. 에이션트 원의 계획대로 한다고 해도, 흠집은 낼 수 있겠지만 무너트릴 수는 없어요. 그쪽에서도 손을 놓고 당하기만 하지는 않을 게 분명하고요."

D.K 그룹의 임원인 레이아는 기업의 생리에 대해 누구보다 알고 있었다.

약육강식.

아무리 여론의 힘을 얻어 기세를 몰아간다고 해도 일개 개인, 평검사가 재벌과 싸우는 것은 계란으로 바위를 치는 격이었다.

그리고 그건 싸움을 준비하고 있는 나 역시 잘 알고 있는 사실이었다.

"상관없습니다. 어차피 제가 정면으로 나서서 KV 그룹을 공격하는 건 단순한 퍼포먼스에 지나지 않으니까요. 진짜 공격은 여기 계신 두 분께서 해주셔야죠."

"진짜 공격이라면…… 설마, 정말로 M&A라도 하실 생각이십니까?"

M&A(Mergers & Acquisitions)란 외부경영자원 활용의 한 방법으로 기업의 인수와 합병을 의미한다.

물론 지금과 같은 경우에는 단순한 M&A가 아니라 적대적 M&A라는 표현이 맞을 것이다.

왜냐하면, KV 그룹의 의사와는 상관없이 힘으로 기업의 지배권을 빼앗을 생각이었기 때문이다.

"외부에서 KV 그룹을 흔들면, 분명 주가가 곤두박질치겠지요. 하지만 그리 된다고 해도 우리가 M&A를 강행할 수 있을 정도의 주식을 매입하는 건 쉽지 않을 겁니다. KV 그룹이 보유한 계열사와 지금까지 구축해 놓은 시스템은 다른 대기업들에게도 아주 먹음직한 고깃덩어리니까요.

그런데도 이 싸움을 시작하려면, 정말 막대한 자금을 준비해둬야 할 겁니다."

"안의 말대로예요. 그리고 일전에도 말씀드렸지만, KV 그룹을 언론에게 아주 죽일 놈으로 만든다고 해도 그들이 외국계 기업에게 매각되는 것을 환영할 대한민국 사람은 없을 거예요. 정부에서도 탐탁하게 여기지 않을 거고요. 어찌됐든 KV 그룹은 한국의 기업이고 D.K 그룹은 외국계 기업이니까요."

두 사람이 지적한 문제야말로 KV 그룹의 적대적 M&A를 시도한다고 했을 때 가장 현실적으로 고민해야 할 문제였다.

첫째는 누가 뭐라고 해도 자금이다.

KV 그룹의 지주회사는 KV 자동차㈜로 현재 시가 총액은 약 28조 원이었다.

이론적으로 적대적 M&A를 하기 위해서는 지분의 50% 이상을 손에 넣어야 한다.

그렇다면, 현 시가 총액으로 계산해 봤을 때 최소한 14조 원의 자금이 필요하다.

물론 실제로 주식을 매수하기 시작하면, 아무리 은밀하게 움직인다고 해도 다양한 변수가 발생할 확률이 높기 때문에 유동적으로 가용한 자금이 더 필요할 수가 있다.

그러나 지금의 계산은 온전히 D.K 그룹만의 힘으로 KV 그룹을 집어 삼키려고 했을 때 발생하는 비용이었다.

일반적으로 적대적 M&A를 시도하기 위한 최소 주식 보유량은 전체의 20% 정도였다.

이 정도가 되면, 기존의 주식을 보유한 사람들 중 상당수를 우호 세력으로 끌어들이는 것이 가능해진다.

뿐만 아니라 설령 M&A에 실패를 했다고 해도 대주주의 자격을 획득하게 되니, 언제든 주주총회를 열어 잘못을 저지른 KV 그룹의 경영진에게 비수를 날릴 수가 있었다.

하지만 20%라고 해도 5조 5천억에 이르는 돈이니, 말 그대로 천문학적인 자금이 필요한 것은 변하지 않았다.

둘째는 여론이었다.

레이아가 언급한 대로 KV 그룹을 세상 천지에 둘도 없는 죽일 놈으로 만든다고 해도 그건 어디까지나 자국민들에게나 해당되는 얘기였다.

KV 그룹의 주가가 크게 흔들리고 만약 그 틈에 일본의 기업이 적대적 M&A를 시도하려고 한다면 어떻게 될까?

여론은 단숨에 KV 그룹을 옹호하는 쪽으로 돌아설 것이다.

그리고 이건 미국계 기업인 D.K 그룹이라고 해서 다르지 않았다.

이 때문에 M&A에 앞서서 무엇보다 여론을 우리 편으로 만드는 것이 최우선 과제였다.

"두 분이 무엇을 걱정하는지는 저도 알고 있습니다. 해서 당장 KV 그룹을 향해 칼을 뽑는 경우는 없을 겁니다. 어찌됐든 제가 사법 고시에 합격한다고 해서 검사가 되기 위해서는 2년 동안 연수원 생활을 해야 되니까요. 그러니 그 기간 동안 최대한 우리 편을 잔뜩 만들어 둘 생각입니다. 2년 후의 싸움에서 백기사가 되어줄 사람들을요."

"2년 그리고 백기사라……."

"네, 아마 저나 안 집사님에게 있어서 꽤 바쁜 시간들이 될 겁니다."

상대는 무려 수십 년 동안 대한민국 재벌로 군림해 온 거대 그룹이었다.

그런 그룹의 아성을 무너트리기 위한 준비 시간으로 보자면, 2년이란 시간은 아주 짧은 기간에 불과했다.

"저기 에이션트 원……."

"네."

"지금에 와서 꼭 KV 그룹을 공격할 필요가 있을까요?"

"그게 무슨 말이죠?"

레이아가 편하게 있던 자세를 바로 했다.

"굳이 KV 그룹을 공격해서 에이션트 원에게 득이 될 게 없다는 것을 말씀드리고 싶은 거예요. 백화점 붕괴 사고?

맞아요. 슬프고 가슴 아픈 일이었죠. 한국 사람이 아닌 저도 너무 속이 상했으니까요. 그리고 유가족들에 대한 KV 그룹의 처우를 알고 진심으로 화가 났어요. 하지만 그 감정은 한 명의 인간에서였지, 사업가로서는 아니었어요."

"레이아!"

"괜찮아요. 계속 말씀해보세요."

안 집사가 당황해서 소리치려는 것을 손을 들어 막았다.

'이번 기회에 레이아가 어떤 생각을 가지고 있는지 확실히 알고 가는 게 맞겠지.'

안 집사와 더불어 레이아는 지금의 내게 있어 가장 큰 조력자들이었다.

하지만 조금 특별한 계기를 바탕으로 나를 전적으로 신뢰하고 따르는 안 집사와는 달리, 레이아는 그저 안 집사를 위해서 나와 같은 배를 타고 있을 뿐이다.

"후우. 사업가의 입장에서 본다면, KV 그룹이 선택한 방법은 꼭 잘못됐다고 할 수만은 없어요. KV 백화점이 붕괴하면서 주가는 폭락했는데, 그런 상황에서 피해자의 가족들에게 대규모의 보상금을 지급했다면 당장 비난적인 여론은 잠재울 수 있어도 상당한 자금난에 시달리게 됐을 거예요. 주주들의 거센 반발 역시 충분히 예상될 거고요. 사업가의 입장에서 회사의 자금과 경영권이 흔들리는 건 반드시 피해야 할 1순위예요."

묵묵히 고개를 끄덕였다.

아직은 좀 더 레이아의 말을 들어볼 필요성이 있었다.

"그리고 어찌됐든 에이션트 원께서 희망 재단을 설립하면서, 해당 사고의 유가족들에게 지원금이 전달되고 있어요. 이로 인해 차일피일 보상금 지급을 미루던 KV 그룹도 여론을 의식해서 공식 사과와 함께 어느 정도 수준의 보상금은 유가족들에게 지급하겠다는 쪽으로 입장을 변경했고요. 과정이야 어찌됐든 결국 에이션트 원께서 원하던 목적을 달성했다고 볼 수 있지 않을까요?"

"원하던 목적이라. 대체 뭐가 원하던 목적이라는 겁니까?"

"네?"

레이아의 생각은 충분히 확인했다. 그렇다면, 이제부터는 내가 의견을 피력할 시간이었다.

"제가 묻죠. 유가족들 중에서 이번 사고에 대해서 진심어린 사과를 받았다고 생각하는 사람이 단 한 명이라도 있습니까?"

"……."

"사과는 일방적으로 하는 게 아닙니다. 피해자가 사과라고 생각을 해야 비로소 그게 사과인 겁니다. 그리고 레이아, 이 자리에서 분명히 밝혀 두지만, 전 사업가의 생각으로 KV 그룹을 상대하는 게 아닙니다. 만약 그런 생각을 가지고 있었다면, 제가 왜 5천억이나 되는 돈을 기부 재단을 만드는 데 사용했겠습니까? 차라리 건실한 기업에 투자를 했겠죠."

"……."

"레이아, 제가 바라볼 때 이 사회는 말입니다. 언제부턴가 상대방이 압도적으로 강하면, 도전조차 하지 못하고 포기하는 게 당연한 사회가 됐습니다. 분명 자신이 잘못을 하지 않은 일이고 사과를 받아야 함에도 신분과 권력에 따라서 오히려 사과를 해야 되는 웃기지도 않은 현실이 됐죠. 모든 사람을 평등하게 대해야 하는 법조차도 신분과 권력에 의해서 차등 적용이 되고 있고 말이에요."

잠시 숨을 고른 후 마저 말을 이어 나갔다.

"그래서 전 알려주고 싶은 겁니다. 아무리 거대한 공룡이라고 해도 개미에게 물리면 피가 날 수도 있고, 그 부위가 썩어서 잘라내야 하고, 또 죽을 수도 있다는 사실을 말입니다. 그리고 그 대상에 있어서 KV 그룹이 있을 뿐이에요."

고요한 침묵. 적막함. 그 속에서 나는 레이아의 눈을 바라보며, 마지막 한마디를 던졌다.

"그렇기 때문에 나는 혼자서라도 꼭 싸울 겁니다."

"후우."

얘기가 끝나자 레이아가 깊은 숨을 토해냈다. 그리고는 잠시 눈을 감았다가 뜨며, 천천히 입을 열었다.

"결국, 에이션트 원은 저희의 지원이 없더라도 혼자서 KV 그룹과 싸우시겠다는 말이네요? 제가 이해한 게 맞죠?"

"물론입니다."

"좋아요. 에이션트 원의 생각은 확실하게 알았어요. 이렇게 듣고 나니 마음이 한결 편해지네요. 여기 있는 안과 다르게, 전 일에 대한 부분에서 만큼은 가이드라인을 분명하고 확실히 정하고 가는 스타일이라서요. 그나저나 2년이라…… 거대한 공룡을 쓰러트리려면 그 기간 동안 최대한 많은 백기사들을 구해야겠네요."

"레이아."

"응? 왜 그렇게 쳐다보세요?"

"지금의 그 말은 날 도와주겠다는 뜻으로 이해해도 될까요?"

씩-

레이아의 입꼬리가 올라갔다.

"호호호! 제가 언제 도와주지 않겠다고 말한 적이 있나요? 이번에도 제가 에이션트 원을 구하려고 얼마나 노력했는데요!"

"그건 사실입니다. 저뿐만 아니라 레이아 역시 자신의 인맥을 총동원해서 에이션트 원을 구조하기 위해 애를 썼습니다. 아마 연락을 받은 사람들은 적잖이 당황했을 겁니다."

옆에서 잠자코 듣고 있던 안 집사가 고개를 끄덕이며 말했다.

"고마워요, 레이아. 이건 진심으로 하는 말입니다."

"호호호! 당연히 해야 할 일을 했을 뿐이에요. 그보다 아까 했던 말은 오해하지 않았으면 좋겠어요. 전 단지 에이션트 원에게 제가 가진 생각을 말씀 드렸을 뿐이니까요."

고개를 끄덕이자 레이아가 말을 이었다.

"음, 그리고 생각이 다르다고 해도 여기 있는 안이 이미 에이션트 원을 돕고자 마음먹었는데. 제가 손을 보태지 않을 리가 없죠. 저와 안은…… 이미 일심동체나 다름없으니까요. 그렇죠, 안?"

화악-

순간 안 집사의 얼굴이 빨갛게 달아올랐다.

평소에는 한 번도 볼 수 없던 극렬한 표정 변화였다.

"레이아! 자네 지금 무슨 소리를 하는 건가?"

"흥, 왜요? 제 말이 틀렸어요?"

"……."

당돌한 레이아의 발언에 얼굴이 빨갛게 달아오른 안 집사가 허탈한 한숨을 내쉬었다.

"후후, 그렇군요."

입가에 작은 미소가 걸렸다.

안 집사가 돕기 때문에 돕는다.

역시 레이아는 내가 처음 생각했던 것과 별반 다를 것이 없었다.

그녀를 움직이는 가장 빠른 방법은 역시 안 집사를 움직이는 것이다.

장내를 감돌고 있던 무거운 공기가 조금은 가라앉았기 때문일까?

안 집사를 흘겨보던 레이아가 다시 말을 이어나갔다.

“하지만 에이션트 원. 이것 한 가지만큼은 꼭 알아두셨으면, 좋겠어요.”

“……?”

“백기사는 상황에 따라서 언제든 흑기사가 될 수 있어요. 그러니 앞으로 2년 동안 저희에게 확실하게 보여주셔야 할 거예요. 정말로 저희가 에이션트 원을 믿고 이 싸움에 뛰어들어도 되는지 아닌지를 말이에요. 만약 보여주지 못한다면, 여기 있는 안을 위해서라도 제가 무슨 짓을 할지 몰라요. 이래봬도 저 아주 무서운 여자거든요!”

분명 장난스러운 어투이기는 했지만, 마지막 레이아의 말에는 조금이나마 소름이 끼쳤다.

그리고 그 말을 통해 레이아가 정말로 안 집사를 좋아하고 있다는 사실을 다시 한 번 확인할 수 있었다.

“걱정 마세요. 2년까지 걸리지도 않을 테니까요.”

씩-

레이아의 입가에도 미소가 생겨났다.

"그 말 정말이죠? 그 말씀 꼭 지키시는 게 좋을 거예요. 그래야 제가 진심으로 전력투구해서 에이션트 원을 돕는 시간도 늘어날 테니까요."

안 집사처럼 맹목적인 믿음도 좋다.

하지만 지금의 레이아처럼 이성적인 판단 아래 냉정하게 현실을 봐줄 사람 역시 필요했다.

'그러고 보니 내 주위에는 나만의 힘으로 만든 내 사람이 없구나.'

제법 많은 능력을 갖추고 어느 정도 성공을 했다고 생각했다.

하지만 냉정하게 주변을 둘러보면 가족을 제외하고 날 위해 움직여 줄 사람은 지금 이 자리에 있는 안 집사가 전부였다.

이마저도 정착자로 송지철의 삶을 살지 않았다면 생기지 않았을 인연이었다.

'어쩌면 가장 중요한 건 KV 그룹의 주식을 인수할 자금보다도 정말 날 위해 일해 줄 사람을 만드는 게 먼저인지도 모르겠네.'

레이아의 한마디는 여러모로 내게 많은 생각을 하게끔 만들었다.

"그럼, 일단 저는 에이션트 원께서 말씀하셨던 대로 악의적인 기사에 관해서는 즉각 대처할 수 있도록 준비시키겠습니다. 레이아, 당신은 양지와 음지 두 곳에서 KV 그룹과 적대적이거나 원한 관계에 있는 사람들을 조사해주게. 미국에 있는 그 친구들에게 도움을 청하면 어려운 일은 아니라고 생각되는데."

"……!"

흠칫.

안 집사는 담담하고 차분하게 말했지만, 얘기를 듣는 레이아는 아니었다.

레이아가 몸을 떨더니, 놀란 눈빛으로 안 집사를 쳐다봤다.

절대 안 집사가 알 수도, 알아서도 안 되는 존재가 거론되었기 때문이다.

"아, 안? 서, 설마 알고 있었어요?"

하지만 질문을 받은 안 집사는 대답을 하기보다는 시선을 돌려 나를 쳐다봤다.

"에이션트 원, 다른 하실 말씀이 더 있으십니까?"

"아니요. 이 정도면, 제 생각은 충분히 말씀드린 것 같습니다."

스윽-

안 집사가 자리에서 일어났다.

그때가지 당황한 표정을 짓고 있던 레이아 역시 뒤늦게

엉거주춤한 자세로 소파에서 몸을 일으켜 세웠다.

"그럼, 에이션트 원께서도 휴식이 필요하실 테니 저희는 이만 가보도록 하겠습니다. 참, M.T 기간 동안 방은 이곳을 이용하시는 게 좋을 것 같습니다. 보안을 위해서라도 일반실보다는 이곳이 편하실 겁니다. 그리고 서울에서 추가로 경호팀을 불렀습니다."

"경호팀 말입니까? 이제 내일이면 서울로 올라갈 텐데 그렇게까지 할 필요가 있을까요?"

안 집사가 고개를 저었다.

"하루가 아니라 반나절이라도 필요합니다. 이미 영선호와 써니호에 탑승하고 있던 사람들의 신상이 퍼질 만큼 퍼졌을 겁니다. 저와 레이아가 이곳을 방문할 때도 로비에 몇몇 기자들이 와 있더군요. 투숙객에 대한 정보야 호텔 측에서 함구하겠지만, 호텔에서 묵고 있는 에이션트 원의 동문들은 아니지 않습니까?"

"확실히 그건 그렇겠군요."

안 집사의 말대로다.

크라운 호텔 입장에서는 괜히 투숙객에 정보를 외부로 흘렸다가는 구설수에 오를 수 있다.

하지만 현재 M.T를 온 대학 동문이야 그런 구설수가 무슨 문제이겠는가?

국내 최고의 명문대에 다니며, 미래의 법조인을 꿈꾼다

한들 이제 20대 초반의 학생들이었다.

산전수전 다 겪은 기자들에게야 맛 좋은 먹잇감에 불과할 것이다.

"신경 써주셔서 고맙습니다."

평상시라면 거절했겠지만, 이미 앞으로 걸어가야 할 목표를 확실히 공유한 이상 굳이 호의를 마다할 이유는 없었다.

"그럼, 에이션트 원 저희는 이만 가 보겠습니다. 푹 쉬시고 서울에서 뵙도록 하죠."

안 집사와 레이아가 물러가자 백 평이 훨씬 넘는 규모의 스위트룸에는 나 혼자만이 남았다.

적막한 공간.

홀로 소파에 몸을 깊숙하게 기대며 중얼거렸다.

"앞으로는 정말 바빠지겠네."

머릿속에 있는 생각을 밖으로 꺼낸 이상, 이제는 혼자서만 잘하면 된다는 생각은 버려야 한다.

만약 지금부터 추진할 계획이 내 실수로 잘못된다면 어떻게 될까?

그에 대한 피해는 그대로 안 집사와 레이아 또는 D.K 그룹에 소속된 모든 사람에게 이어질 수 있다.

"후우."

서서히 조금씩 치밀어 오르는 부담감에 한숨을 내쉴 무렵,

레이아가 개봉한 위스키가 보였다.

빈 잔을 하나 꺼내어 위스키를 채워 나갈 때였다.

우웅-

휴대폰에서 울리는 진동에 고개를 돌리니 액정에 떠오른 이름 세 글자가 보였다.

[최혜진]

"아!"

잠시 머뭇거리다가 이내 휴대폰의 통화 버튼을 눌렀다.

[저, 정훈아?]

"……."

[정훈이 맞지? 여보세요? 정훈이 핸드폰 아니에요?]

"……목소리가 왜 이렇게 잠겨 있냐?"

[이 바보야! 너 대체 어떻게 된 거야? 뉴스에서 봤어. 몸은 어때? 다친 곳은 없어? 병원은 간 거야?]

"하나씩 물어봐라. 그리고 아무 데도 안 다쳤으니까 걱정하지 말고."

[정말 괜찮은 거지?]

"그래, 괜찮다니까."

[흑…….]

"혜진아?"

[난…… 난 뉴스에서 보고 정말 네가 잘못되는 줄 알았단 말이야. 그런데 넌 그것도 모르고. 정말 사람이 왜 이렇게 못된 거야? 으아아앙!]

휴대폰 너머로 들려오는 울음소리에 가슴 한곳이 먹먹해져 왔다.

"저기 혜진아……."

[으아앙!]

"후우. 그만 울어. 아무런 이상이 없다는데 왜 그렇게 우는 거야?"

[……너 지금 어디에 있어?]

"여기 제주도에 있는 크라운 호텔인데?"

[그럼, 그곳에서 꼼짝 말고 있어. 내가 당장 갈 테니까.]

"뭐? 야, 여기 제주도야. 나 내일이면 서울에 가니까 그때 가서 보면 되지 않을까?"

당황스러움에 급히 입을 열었지만, 정작 최혜진의 반응은 변함이 없었다.

[시끄러! 내일은 내일이고 오늘은 오늘이야. 가장 빠른 비행기 타고 곧 갈 테니까 기다리고 있어.]

뚝-

"여보세요? 혜진아? 최혜진?"

할 말을 끝낸 최혜진은 곧장 전화를 끊었다.

당황스러움에 그녀의 이름을 연이어 불렀지만, 들려오는 건 애꿎은 신호음뿐이었다.

"애가 진짜로 올 생각인가 보네."

그간 최혜진의 행동을 생각해보면, 제주도가 아니라 미국이라 해도 올 게 분명했다.

"그나저나 아버지의 귀에는 이 소식이 들어가지 않았으면 좋겠는데. 끝까지는 조금 힘들겠지?"

지금까지 아버지에게 별다른 연락이 없는 것을 보면 아직 써니호의 소식을 접하지 못한 것으로 받아들여도 무방했다.

애초에 TV 시청을 즐기시지도 않으셨고, 친척들과의 연락을 끊으신 지도 오래되었다.

그러니 따로 누가 소식을 전해준 사람도 없었을 것이다.

물론 아버지의 신변에 무슨 일이 생겨 연락을 하지 못하셨을 가능성도 있다.

하지만 그럴 가능성은 0%에 가까웠다.

만약 그런 일이 생겼다면, 현재 아버지를 경호하고 있는 경호팀에서 우선적으로 연락이 왔을 것이다.

"일단은 조금 상황이 진정되면, 직접 말씀드리자."

뒤늦게 소식을 접하시고 서운함을 드리는 것보다 내가 먼저 전후 사정을 설명 드리는 것이 아버지가 상황을 이해하기에도 편하실 게 분명했다.

"그나저나…… 아!"

다시금 위스키를 따라놓은 잔을 향해 손을 뻗으려던 찰나였다.

별안간 떠오르는 기억에 허탈한 한숨이 토해져 나왔다.

"나 정말 똑똑해진 거 맞아? 어떻게 이걸 까먹을 수가 있지? 이런 멍청한 자식."

자책 어린 마음에 머리카락을 쥐어뜯는 것도 잠시였다.

헝클어진 머리를 정리할 사이도 없이 곧장 잔에 담긴 위스키를 털어 넘기고 입을 열었다.

"상태 창!"

[한정훈]

노련한 시간 여행자 LV.3

근력: 12(2)

민첩: 10(1)

체력: 10(2)

지력: 15

특성: 용기, 동화

스킬: 고속판단, 격투술, 직감, 진실과 거짓, 패기

보유TP: 35,700

파도의 위험을 넘기는 순간 들려왔던 시스템의 목소리.

그건 분명 새로운 능력이 개방됐다는 알림이었다.

그리고 그 알림이 거짓이 아니라는 것을 보여주듯 상태창의 특성에는 동화라는 두 글자가 추가되어 있었다.

"동화?"

고개를 갸웃거리다가 이내 동화에 관한 정보를 확인했다.

[동화]

기억 속에 있는 능력을 보다 효과적으로 체감합니다.

성장률에 따라서 추가적인 능력이 적용됩니다.

단, 기억의 부담감을 견뎌내지 못할 경우 그만한 대가를 감수해야 할 겁니다.

현재 성장률 : 1%

추가 능력: 민첩+1

*해당 특성은 100%까지 성장할 수 있습니다.

"설명만 보면 나쁘지는 않은 것 같은데. 기억의 부담감은 뭐지?"

성장률이 1%에 불과한데, 벌써 민첩이 오르는 추가 효과를 받고 있다.

하지만 눈길을 사로잡는 건 마지막 부분에 적힌 내용이었다.

"특성에 있는 스킬들은 항상 이렇다니까. 발동 조건도 까다롭고."

여행자가 되고 가장 먼저 생긴 능력은 용기였다.

하지만 지금까지 단 한 번만 발휘된 특성 또한 바로 용기였다.

그만큼 특성에 존재하고 있는 능력들은 스킬에 비해 압도적인 효과를 지니고 있지만, 발동 조건이 무척이나 까다로웠다.

"뭐, 앞으로 차근차근 알 수 있겠지. 그보다 정산의 방에서 포인트로 구입하지 않아도 이렇게 스킬이 생길 수 있는 건가?"

지금까지 특성과 스킬의 생성은 모두 정산의 방에서 포인트로 구매했을 경우에 한했다.

반면, 특성 동화는 포인트를 소모하지 않았음에도 생겨났다.

공짜로 얻게 된 것이니 기분이 좋은 것이야 당연하지만, 그래도 의아함이 생기지 않을 수가 없었다.

"으음."

양미간을 모으고 고민해 봤지만, 특성이 생긴 지금과 앞선 경우의 차이점을 발견할 수 없었다.

"후우, 뭐 앞으로 차차 알 수 있겠지."

지금은 현재 벌어지고 있는 일만 생각하기에도 머리가 복잡하니까 말이다.

❖ ❖ ❖

서울 청와대. 최근 비서실장으로 임명된 진병우가 자신의 앞에 앉아 있는 사내를 향해 준비해 온 봉투를 내밀었다.

"……D.K 그룹이 본사 이전 계획을 철회하겠다는 입장을 밝혔다고요?"

봉투에 담긴 서류를 꺼내어 살피며, 사내가 진병우를 향해 물었다.

그는 바로 대한민국의 대통령 김주훈이었다.

"네, 아무래도 써니호에 탑승하고 있던 사람들이 무사히 구조된 게 컸던 것 같습니다. 애초에 그들이 내건 조건 역시 수단과 방법을 가리지 않고 써니호를 구조해주길 원했던 것이니까요."

김주훈이 고개를 끄덕였다.

하지만 여전히 그의 표정에는 의구심이 가득했다.

"전원 무사히 구조됐다는 건 정말 기쁜 일입니다. 하지만 아직도 이해가 가지 않는군요. D.K 그룹이라면, 국내에서 손꼽히는 외국계 대기업입니다. 그런 곳에서 국내 사업 철수라는 초강수로 우리에게 그런 제안을 할 줄이야……."

잠시 말을 멈췄던 김주훈이 서류에서 시선을 옮겨 진병우를 쳐다봤다.

"아직 써니호에 타고 있던 승객들에 대한 조사는 진행 중입니까?"

질문을 받은 진병우가 조금 전에 내밀었던 봉투에서 꺼내진 서류들을 가리켰다.

"거기 있는 서류들이 국정원에서 1차적으로 조사한 내용입니다. 써니호에 타고 있던 사람은 총 7명. 그중 뇌출혈로 쓰러졌던 박연 선장에 관한 것은 제외됐습니다. 아무래도 탑승하고 있던 인물들과 공통점이 가장 적기 때문이 아닌가 판단됩니다."

"그렇군요. 그럼, 여기 있는 서류들은 남은 6명에 관한 겁니까?"

김주훈의 시선이 다시 책상 위에 놓인 다수의 서류들로 향했다.

하지만 김주훈이 서류를 살피기에 앞서 진병우의 입에서 핵심적인 내용이 흘러나오기 시작했다.

"박연 선장을 제외하고 써니호에 탑승하고 있던 인원은 6명. 모두 한국대학교 법학과 소속의 2학년 학생입니다. 차례대로 이혜인, 송선미, 강대호, 문철주, 신소연, 한정훈입니다. 이중 가장 눈에 띄는 인물은 두 명입니다."

"두 명이요?"

"네. 앞서 말씀드린 이혜인 학생 같은 경우에는 현재 대중들에게 큰 인기를 얻고 있는 요식 업계의 사업가 이종원 씨의 딸입니다. 조사한 바로는 야당 쪽 의원들과도 친분이 꽤 깊다고 합니다."

김주훈이 고개를 끄덕였다. TV를 즐겨보는 성격은 아니었지만, 최근 TV 프로그램에 자주 출현하는 이종원에 대해서는 오가며 들은 적이 있었다.

"다음은 송선미 학생입니다. 각하, 혹시 송태산 선수를 기억하십니까?"

"송태산 선수? 혹시 올림픽 태권도 금메달리스트인이 송태산 선수를 말하는 겁니까?"

김주훈이 이종원을 언급했을 때와는 달리 살짝 놀란 얼굴로 되물었다.

대한민국에 사업가는 많다.

당연히 잘 나가는 사업가 역시 많다.

그렇게 따지자면, 물론 올림픽 금메달리스트 역시 손에 꼽을 수 없을 정도로 많지만, 그래도 그중에서 송태산은 대한민국의 태권도 역사를 다시 쓸 정도로 대단한 선수였다.

"혹시 써니호에 송태산 선수와 관계된 사람도 있었습니까?"

"네, 송선미 학생이 바로 송태산 선수의 딸이었습니다."

"아!"

짧은 탄성을 토해낸 김주훈이 고개를 끄덕였다.

"그밖에 또 특별한 인물이 있습니까?"

"아닙니다. 이름 강대호. 나이 21세, 부친은 삼양 그룹 과장. 이름 문철주. 나이 21세, 부친은 서울에서 작은 고기집을 운영. 이름 신소연. 나이 21세, 부친은 강소물산 과장. 이름 한정훈. 나이 21세, 부친은 무직. 남은 4명에게서는 특별한 점을 발견할 수 없었습니다."

톡- 톡-

책상을 손가락으로 두드리던 김주훈이 말을 이어나갔다.

"그럼, 일단 두 사람을 위주로 조사가 이뤄지겠군요. 국정원장에게 일러 관계 정도만 알아볼 수 있도록 조사하라고 이르세요. 자칫 이 일이 언론에 새어나가면 민간인 사찰이라고 문제가 커질 수 있습니다. 아무튼, 우리가 우선으로 파악해야 할 건 D.K 그룹이 국내 사업을 철수하면서까지 써니호에서 구하려고 했던 사람이 누구였는지를 찾는 겁니다. 그 인물이 누구인지 파악해서 대처하지 못하면, 이번과 같은 D.K 그룹의 요구는 앞으로도 계속될 수밖에 없어요."

"확실히 조치하도록 하겠습니다."

김주훈은 차분하게 말을 이어나갔지만, 얘기를 듣는 비서실장 진병우는 그 안에 담긴 걱정과 우려를 잘 알고 있었다.

김주훈 대통령이 후보 시절 내건 공약 중의 하나가 바로 청년 실업난 해결이었다.

하지만 정권 초기 KV 그룹의 뒤통수로 인해 정부는 막대한 예산만 허비했고, 결과적으로는 청년 실업난의 어떠한 해결책도 마련하지 못했다.

그 뒤로 다양한 정책을 통해 청년 실업난을 해결하려 했지만, 그 성과는 미비했다.

이런 상황에서 만약 D.K 그룹이 국내 사업을 철수하고 미국으로 돌아가면 어떻게 될까?

순식간에 수만 명의 실업자가 발생하고, 국내 경제는 피부로 체감될 만큼 얼어붙을 것이다.

그리고 당연한 얘기지만, 그에 대한 책임의 화살은 대통령인 김주훈에게 향할 것이 분명했다.

정적들은 이때가 기회라고 생각한 정적들은 당장 탄핵을 해야 한다고 국민과 언론을 부추길 것이다.

일어난 일이 아니었지만, 보지 않아도 이미 본 것처럼 선명했다.

진병우가 속으로 쓴웃음을 삼켰다.

'드라마의 대사가 생각나네. 꽃이 지고 홍수가 나고 벼락이 떨어지는 모든 게 임금의 책임이라고 그랬지? 그게 임금이란 자리에 있는 사람의 숙명이라고 말이야.'

실질적으로 김주훈의 잘못은 없지만, 단지 대통령이기 때문에 이 모든 것에 대한 책임을 질 의무가 있었다.

"그럼, 또 다른 보고가 올라오는 즉……."

우웅-

갑자기 울리는 휴대폰의 진동음.

진병우가 당황어린 표정을 짓자 김주훈이 괜찮다는 듯 고개를 끄덕였다.

"괜찮으니까 전화 받아 보세요."

"죄송합니다."

짤막하게 고개를 숙인 진병우가 안주머니에서 휴대폰을 꺼내었다.

그리고는 액정에 떠오른 이름을 확인하고는 인상을 한 번 찌푸리고 통화 버튼을 눌렀다.

"무슨 일이야?"

[실장님, 방금 떴습니다! 떴어요!]

"뜨다니 대체 뭐가?"

[어휴! 그 애국일보 특집 기사 있지 않습니까? 2부가 떴다고요!]

"애국일보?"

애국일보 특집 기사라는 소리에 진병우의 안색이 변했다.

써니호와 영선호에 탑승했던 당사자를 제외하고, 현재 이번 사고와 관련해서 가장 많은 정보를 갖고 있는 곳이 바로 애국일보였다.

특이하게도 인터뷰를 모두 거절하던 사람들도 애국일보

소속, 그중에서도 차태현 기자와 만큼은 인터뷰를 진행하고 있다는 점이다.

"혹시 그때 말했던 애국일보의 기사가 다시 올라온 겁니까?"

김주훈의 질문에 귀에 대고 있던 휴대폰을 내린 진병우가 고개를 끄덕였다.

"네, 아무래도 인터넷에 다음 기사가 올라온 것 같습니다."

진병우의 대답이 끝나자 김주훈이 재빨리 옆에 놓인 마우스를 잡았다.

딸칵- 딸칵-

검색어를 입력할 필요도 없었다. 이미 국내 최대 포털 사이트의 검색어를 애국일보가 도배하고 있었기 때문이었다.

1위 애국일보

2위 써니호 사건의 진실

3위 애국일보 차태현

4위 영선호 블랙박스

5위 특집 기사 2부

6위 한 모 씨

7위 한국대학교 법학과

8위 미 해군

9위 칼리지함

10위 제주도 해군기지

.

.

.

김주훈이 마우스를 클릭해서 애국일보 특집 기사를 모니터에 띄웠다.

"비서실장도 이리 와서 같이 보도록 합시다."

"알겠습니다."

재빨리 통화를 끊은 진병우가 김주훈의 뒤로 걸어와서 모니터를 쳐다봤다.

[영선호와 써니호의 구조! 그 속에 숨겨진 영웅이 존재했다? -2부-]

본 특집 기사는 3부로 예정되어 있음을 미리 밝혀 둡니다.

본 기자는 영선호의 선장 정 씨와 인터뷰를 하면서 한 가지 이상한 점을 느낄 수 있었다.

앞서 밝힌 것처럼 당시 기상은 구조대가 움직일 수 없을 정도로 최악의 상황이었다.

그런데 대체 써니호는 어떤 방법을 통해 영선호로 수리 도구들을 옮긴 것일까?

선장 정 씨를 끈질기게 설득한 끝에, 그때 당시의 상황에 대해서 들을 수 있었다.

당시 영선호는 바다 위에서 선창에 물이 새고 있는 상황 가운데 써니호를 발견했지만, 소리를 쳐서 현 상황을 알리는 것 이외에는 별다른 행동을 취할 수 없었다고 한다.

아래는 실제 인터뷰에서 발췌한 내용이다.

"사실 저를 비롯한 일행 모두가 자포자기 상태였습니다. 제가 뱃사람으로 꽤 오랜 시간을 보냈는데, 그때처럼 파도가 치는 상황에서는 오히려 도와주겠다고 배를 가까이 대는 게 더 위험하거든요. 자칫 서로 부딪치기라도 하면 양쪽 모두 위험해질 수 있으니까요. 그런데 써니호가 점점 저희 쪽으로 다가오는 게 아니겠습니까? 그때는 정말 아찔하더군요. 그런데 더 놀랄 일은 그 뒤에 벌어졌습니다. 뜬금없이 써니호에서 저희 배로 구명줄이 날아오지 뭡니까?"

-영선호 선장 실제 인터뷰에서 발췌-

선장 정 씨의 얘기에 따르면, 써니호에서 영선호로 넘어온 그 사람은 구명줄을 연결해 넘어 왔다는 얘기가 된다.

그것도 수십 kg의 공구를 몸에 지니고 말이다.

이런 말도 안 되는 일이 실제로 가능한 일인지 본 기자 역시 의구심이 들었지만, 선장 정 씨가 보여준 영선호의 블랙박스를 확인한 순간 인터뷰의 모든 내용이 사실임을 알 수 있었다.

비록 블랙박스 영상의 화질이 떨어지기는 하지만, 앞선 정황을 확인하기에는 부족함이 없었다.

-중략-

한편, 해경 측 관계자를 통해 알아낸 사실에 의하면, 당시 영선호에서 구조된 한국대학교 학생은 한 모 씨라는 것이 확인됐다.

끝으로 애국일보에서는 이번 특집 기사를 준비 하는 도중 정말 믿기지 않는 사실 하나를 추가적으로 입수할 수 있었다.

그 사실은 바로 기상 악화로 인해 구조대가 발이 묶인 그 순간, 제주도 해군기지에 주둔하고 있던 미 해군의 칼리지함이 출항 준비를 서둘렀다는 것이다.

이와 관련된 기사는 특집 기사의 마지막인 3부에서 다룰 예정이다.

-애국일보 차태현 기자-

BEST 지금 우리가 영화를 보고 있는 거임?

ㄴ영상 보고 할 말 잃은 사람 추천 박아라.

ㄴ저게 진짜 가능하다고?

ㄴ병신들아! 딱 봐도 합성이잖아. 찌라시 인터넷 신문사가 또 사람들 선동하고 있네.

ㄴ애국일보가 찌라시는 아니지.

ㄴ 그래도 좀 혼란스럽긴 하다. 혹시 저 사람 외계인 아니냐?

ㄴ네, 외계인 드립 나왔고요.

ㄴ이상 관심 받고 싶은 찌라시 인터넷 기사 ㅅㄱ

ㄴ 특전사 상사 전역입니다. UDT/SEAL 출신이고요. 사실 영상에서 보이는 정도는 특수 훈련 받은 군인이라면, 충분히 해낼 수 있는 수준입니다. 하지만 저 배에 탑승하고 있던 사람들은 미필이라고 하더군요. 그런데 저런 상황에서 저 배짱이라니, 기가 막히다 못해 오금이 저리네요.

ㄴ 그런데 선장 얘기 말고 본인 인터뷰는 없는 건가? 성까지 알아낼 정도면, 이미 애국일보는 저 사람이 누구인지 알고 있다는 거 아님?

ㄴ 그때 뉴스에서 써니호에 탑승하고 있던 사람들 명단 공개하지 않았었나? 그중에서 한 씨 찾으면 되는 거잖아.

ㄴ여기 링크 단다! 내가 1빠!

ㄴ그런데 칼리지함 얘기는 또 뭐지? 아, 답답하게 한 번에 올리지. 왜 자꾸 나눠서 올리는 건데!

드르륵!

인터넷 기사를 확인한 김주한이 잡고 있던 마우스에서 손을 뗐다.

"후우. 애국일보 저 사람들이 국정원보다 빠르다는 생각이 드는데, 제 착각입니까?"

"가, 각하. 그건……."

진병우가 입술을 달싹거리다가 이내 입을 다물었다.

본인이 생각하기에도 김주한의 말이 맞았기 때문이었다.

"그리고 여기 기사에 오른 마지막 내용은 또 뭡니까? 왜 갑자기 미군의 칼리지함 얘기가 나오는 겁니까? 이거 확인된 사실 있습니까?"

"……."

이에 대해서도 진병우는 할 말이 없었다.

자신 또한 처음 듣는 얘기였기 때문이었다.

'국정원 이 자식들은 대체 뭐하는 놈들이야? 어떻게 기레기 새끼들보다 소식이 느려!'

치밀어 오르는 화를 애써 가라앉히며, 진병우가 속으로 호흡을 골랐다.

그 모습을 보며 김주훈이 고개를 흔들었다.

"아무래도 알아봐야 할 게 한두 가지가 아닌 것 같군요. 현재 애국일보에서 올라오는 기사가 모두 사실인지 아닌지도 확인해보도록 하세요. 아! 그리고 여기 이 친구 말입니다."

김주훈이 자신의 책상 위에 놓인 서류 중 하나를 찾아 진병우에게 내밀었다.

서류의 최상단에는 한정훈이라는 이름이 적혀 있었다.

"이 친구에 대해서 한번 자세히 알아봐줬으면 합니다. 이번 구조 활동에 있어서 아무래도 이 친구가 대단한 일을 한 것 같은데, 언론이 좀 더 파고들기 전에 정부가 알아야 적절한 대처를 할 수 있지 않겠습니까?"

"알겠습니다. 곧바로 조사를 요청하도록 하겠습니다."

고개를 숙인 진병우가 이내 발걸음을 재촉해 방을 벗어났다.

하지만 복도를 걸어가는 진병우의 표정은 주변 사람들이 말을 걸기 무서울 정도로 일그러져 있었다.

"D.K 그룹이랑 애국일보만으로도 머리가 아파 죽겠는데. 한정훈 이 녀석은 또 어디서 튀어 나온 녀석이야?"

Chapter 86. 스포트라이트

연예계에는 이런 말이 있다.

자고 일어났더니, 스타가 되었다.

비록 연예인은 아니지만, 그 기분이 어떤 것인지를 조금은 체감할 수 있었다. 포털 사이트 검색어의 1위부터 10위까지가 이번 사고와 관련된 단어로 도배되어 있었다.

"……네, 아버지. 그러니까 걱정하지 않으셔도 되요. 그럼요, 아무런 문제없어요. 네, 밥 잘 챙겨 먹을게요. 그럼, 서울 올라가서 뵐게요."

생각보다 빠른 속도로 이번 일과 관련된 내용들이 인터넷을 통해 퍼져 나갔다.

그러다 보니 아버지에게도 어느 정도 사건에 대해서 알려드리지 않을 수가 없었다.

"흐음, 그나저나 이 내용은 아무래도 레이아가 한 일이겠지?"

내가 보고 있는 것은 특집 기사 2부에 올라온 미 해군의 칼리지함과 관련된 내용이었다.

분명 레이아 역시 나를 구조하기 위해 다방면으로 손을 썼다고 말했다.

안 집사가 D.K 그룹의 국내 사업 철수를 놓고 정부와 거래를 하려고 했으니, 레이아 역시 그에 준하는 단체나 사람과 거래를 하려고 했을 것이다.

"그래도 설마 미 해군을 움직이려고 했을 줄이야. 아무튼 두 사람 모두 스케일이 남다르다니까. 그나저나 얘는 왜 안 올라오는 거야?"

30분 전쯤 최혜진에게서 크라운 호텔에 도착했다는 연락이 왔다.

그래서 방 번호를 알려줬는데, 아직까지 전화는커녕 문자 한통도 없었다.

"흠, 전화를 다시 해야 하나."

휴대폰을 만지작거리며, 고민할 무렵이었다.

딩동—

문 밖에서 들려오는 초인종 소리에 소파에 기대었던

몸을 일으켰다.

딸칵-

문을 열기 무섭게 보이는 사람은 노란 원피스 차림의 최혜진이었다.

다만 약간 겁에 질린 얼굴이었는데, 이유를 알아내는 것은 어렵지 않았다.

최혜진의 곁에 검은 정장을 입은 사내 두 명이 서 있었기 때문이었다.

"혹시 안 집사, 아니 안성우 씨가 보낸 경호원들이신가요?"

왼편에 서 있던 사내가 고개를 숙이며 대답했다.

"네, 맞습니다."

"알겠습니다. 짧은 기간이지만, 잘 부탁드릴게요. 이쪽은 제 친구니까 괜찮습니다."

말을 끝내기 무섭게 경호원들은 곧장 한 걸음 뒤로 물러섰다.

"혜진아, 들어와."

"으, 응."

고개를 끄덕인 최혜진이 뒤로 물러선 경호원의 눈치를 슬쩍 보더니 이내 열려진 문 안으로 잽싸게 발걸음을 옮겼다.

달칵-

"후우."

그렇게 문을 닫고 돌아서니 놀란 가슴을 쓸어내리는 최혜진의 모습이 보였다.

"왜 그렇게 긴장하고 있어?"

"너 대체 뭐야?"

"응?"

"인터넷 기사는 뭐고 로비에 기자들. 그리고 저 경호원들까지! 게다가 이 스위트룸! 예전에도 느꼈지만, 너 정말 내가 아는 한정훈이 맞기는 한 거니? 혹시 겉모습만 한정훈이고 속은 전혀 다른 사람인 거 아니야?"

"후우, 어쩔 수 없네. 이제 사실을 말할 때가 됐나?"

"뭐?"

당황하는 최혜진을 향해 한 걸음 가까이 다가간 후 얼굴을 내밀었다.

스읍-

"나 사실 외계인이야."

"……."

"행성 번호 18765호의 안드로메다……."

퍽!

미처 말을 끝내기도 전에, 복부에 작지만 꽉 쥐어진 주먹 하나가 박혀 들어왔다.

"야! 너 내가 바보인 줄 알아?"

"하하! 너무 티가 났나?"

"어휴. 정말 주먹이 운다. 주먹이 울어!"

"그래서 긴장은 좀 풀렸어?"

"……몰라, 이 바보야."

"일단 저기 앉아 있어. 물? 커피? 아님 주스? 다른 음료도 몇 개 있던 것 같긴 하던데."

"맥주."

뜬금없는 요구에 눈을 동그랗게 떴다.

그러자 최혜진이 표정 변화 하나 없이 오른손을 내밀었다.

"그런 거 먹어서 놀란 가슴이 진정되겠어? 다른 건 필요 없고 맥주부터 줘."

고개를 한번 흔들고는 냉장고로 걸어가 맥주 한 캔을 꺼내 최혜진에 건넸다.

딱!

망설임 없이 캔의 뚜껑을 개봉한 그녀는 단숨에 내용물을 입안에 털어 넣었다.

꿀꺽- 꿀꺽-

"푸아. 이제 좀 살겠네. 그 놈의 기자들은 대체 뭐가 그렇게 궁금한 건지. 사람을 왜 이렇게 붙잡고 늘어지는 거야?"

"기자? 그러고 보니 1층 로비에 기자들이 있다고 했지?"

맥주를 한 모금 더 들이킨 뒤 그녀가 고개를 끄덕였다.

"있기만 할까? 아주 시장통이 따로 없다고. 그나마 호텔 측에서 교통정리를 하고 있기는 한 것 같은데, 그래도 학생으로 보이는 사람만 있으면 부리나케 달려와서 묻더라."

최혜진이 손가락으로 나를 가리켰다.

"한정훈이란 사람을 아느냐고 말이야."

"으음."

"너 대체 제주도에서 무슨 짓을 벌인 거야? 정말 그 특집 기사에 나온 내용이 사실이야? 네가 그 영선호 사람들을 구한 거 말이야."

"뭐, 거짓은 아니야."

"세, 세상에! 그럼 네가 정말 베댓에 올라온 것처럼 외계인에게 생체 실험을 받은 비밀 병기란 말이야?"

놀란 표정을 지으며, 손가락질 하는 최혜진을 어이없는 표정으로 쳐다봤다.

"그게 말이 되냐?"

"흥! 다른 것도 말이 안 되기는 마찬가지거든. 이거 한 캔 더 줘!"

어느새 건네준 맥주를 모두 비운 최혜진이 텅 빈 맥주 캔을 식탁 위에 내려놓고는 손을 내밀었다.

"……너 무슨 맥주 먹으려고 왔냐?"

"왜? 아까워? 이런 엄청난 방에 묵고 계신 분이 걱정이 돼서, 지금 서울에서 한걸음에 달려온 사람에게 주는 맥주가 아까워?"

"……안주는 필요 없어?"

"있으면 아무거나 줘."

견과류와 맥주 두 캔을 꺼내온 뒤 그중 하나를 오른손을 내민 최혜진에게 건넸다.

그리고는 나 역시 남은 한 캔의 뚜껑을 따고 안의 내용물을 입안에 털어 넣었다.

꿀꺽-

"1층 기자들 말이야. 나에 대해서 묻는 것 말고는 별다른 얘기는 없었어?"

"뭐, 그다지. 주변에 친한 사람이 누구냐? 평소 학교생활은 어땠냐? 공부는 잘하냐? 연락처는 모르냐?"

"연락처?"

연락처라는 소리에 자연스레 시선이 테이블 위에 놓인 휴대폰으로 향했다.

그 순간, 마치 기다렸다는 듯 휴대폰에서 진동음이 흘러나왔다.

[010-xxxx-xxx9]

"모르는 번호인데."

등록되지 않은 전화번호에 잠시 고민을 하다가 이내 통화 버튼을 눌렀다.

"여보세요?"

[한정훈 씨? 한정훈 씨 휴대폰 맞죠? 저는 동성일보의 최민 기자입니다. 혹시 인터뷰…….]

뚝-

인터뷰라는 소리에 재빨리 종료 버튼을 눌렀다.

하지만 이건 시작에 불과했다.

[010-xxxx-xxx4]

전화를 끊기 무섭게 또 다시 진동이 울렸다.

이번에도 역시 모르는 번호였다.

"여보세요?"

[한정훈 씨! 세정일보 오영석 기자입니다. 지금 인터뷰……]

뚝-

역시나 처음과 마찬가지로 인터뷰를 요청하는 전화였다.

그 뒤로도 휴대폰에서는 쉼 없이 진동이 흘러 나왔다.

휴대폰을 무음으로 바꾸고 한쪽으로 던져두자 옆에서 지켜보던 최혜진이 맥주를 들이키며 입을 열었다.

"우아! 우리 정훈이 스타 다 됐네? 기자들한테 전화가 아주 빗발쳐! 하늘에서 인터뷰가 빗발친다! 콰과광!"

"재미있냐?"

"난 재미있는데?"

"후우, 그나저나 전화번호는…… 아니다. 알아내려면 알아낼 방법이 엄청 많구나."

우연찮게 1층 로비에서 기자에게 붙잡힌 동문 중에서 내 전화번호를 알고 있는 사람이 있었을 수도 있다.

학과 내에서 친한 사람이 많지는 않지만, 입학 초기 대부분의 학생이 동기 사랑이라는 선배들의 강요에 의해 전화번호를 교환했기 때문이었다.

그때 이후 전화번호를 바꾼 적이 없으니, 따로 번호를 정리하지 않은 학생이라면 내 전화번호가 남아 있을 수도 있었다.

또 다른 방법으로 학과 사무실을 찾아간 경우다.

원칙적으로 학생의 신상정보를 외부로 유출하는 것은 금지되어 있다.

하지만 기자들 중에는 분명 한국대학교와 연이 닿아 있거나 혹은 같은 학교 출신인 사람도 존재할 것이다.

그렇다면, 한 다리만 걸치면 전화번호를 알아내는 것이야 그리 어려운 일도 아니었을 것이다.

어차피 양쪽이 입만 다물면, 문제될 게 없으니까 말이다.

"으음, 이거 곤란한데."

"뭐가 곤란해?"

최혜진이 눈을 동그랗게 뜨고 물었다. 잠시 머릿속에 고민이 떠올랐지만, 이내 지워버렸다.

지금까지 최혜진이 내게 보여준 행동과 마음을 보면, 그녀에게 어느 정도 선에서 얘기를 해도 문제는 없을 것이다.

조금 미지근해진 맥주를 입안에 털어 넣으며 입을 열었다.

"사람들이 내가 벌인 일에 대해서 관심을 가져주는 건 나쁜 일이 아니야. 어차피 계획에 있던 일이기도 하고. 하지만 그 여파가 친구들과 다른 사람들에게 피해를 줘서는 안 된다고 생각하거든. 그들은 나와는 다르니까 말이야."

"흐음."

"그러니까 간단히 말해서 내가 하려고 하는 일 때문에 주변에 있는 사람의 사생활이 피해 입는 건 원하지 않는다는 말이야."

"무슨 말인지 잘 모르겠지만, 한 가지는 확실히 알겠어. 21살의 대학생 치고는 네가 좀…… 아니, 아주 별나다는 거 말이야."

고개를 돌려 스위트룸을 살펴본 최혜진이 이해한다는 듯 고개를 끄덕였다.

"그래, 네 말대로 좀 별나기는 하지. 아무튼 그래서 앞으로 어떻게 해야 할지 좀 고민이야."

"뭐, 크게 어려울 게 있을까?"

"응?"

"생각해 봐. 지금 네가 하는 고민은 네게 쏟아지는 관심이 괜히 친구들에게 피해를 주지 않을까 하는 생각 때문이잖아. 그럼, 피해를 주지 않게 관심을 너 혼자 받으면 될 일이잖아?"

"나 혼자?"

최혜진이 고개를 끄덕였다.

"좀 전에 네 입으로 말했잖아. 어차피 관심을 받는 게 계획에 있던 일이라고. 그 계획이 뭔지는 모르겠지만, 관심을 받으려면 이런 곳에 있을 게 아니라 당당히 앞으로 나서는 게 맞지 않을까? 저 뻰질나게 울리는 인터뷰 요청을 받아서라도 말이야."

"……."

"그게 아니라면, 네 친구들도 이렇게 꽁꽁 숨겨 두면 되잖아. 내가 볼 때, 너 그 정도 능력은 되는 것 같은데?"

"능력…… 맞아. 가지고 있지. 그런 능력 정도는."

분명 달라졌다고 생각을 했지만, 20년 동안 몸에 배인 생활 방식이 남아 있기 때문일까?

압도적인 신체 능력과 똑똑해진 머리, 그리고 다양한 경험과 막대한 돈이 있음에도 생각하는 방식과 행동은 여전히 과거의 한정훈과 크게 다를 바가 없었다.

태생부터 고귀하게 살아온 사람이 지닌 품위를 하루아침에 졸부가 된 사람이 결코 따라 잡지 못하는 것처럼 말이다.

그나마 내게는 다양한 정착자의 기억이 있기는 했지만, 아직 부족함이 많다는 사실은 부정할 수 없었다.

'좀 더 변해야 한다.'

앞으로 내가 상대해야 존재는 태어나면서부터 남 앞에서 고개를 숙인 적도, 그래야 할 필요도 없는 사람들이다.

그런 그들을 상대하기 위해서는 나 역시 그에 걸맞은 자격과 생각, 그리고 무기를 반드시 갖출 필요가 있었다.

"혜진아, 고마워."

"뭐야 갑자기?"

"그냥 그런 게 있어. 그보다 잠깐만."

여전히 모르는 번호와 함께 울리고 있는 전화를 강제로 종료한 뒤 단축 번호를 눌렀다.

"나이트, 지금 당장 알아봐줬으면 하는 게 있는데."

[말씀하시기 바랍니다.]

"애국일보의 차태현 기자. 연락처 좀 알아볼 수 있을까?"

이번 사건으로 현재 가장 주목을 받고 있는 신문사는 누가 뭐라 해도 애국일보였다.

물론 그중에서도 단연 돋보이는 건 두 번의 특집 기사를 올린 차태현 기자였다.

'인터넷을 이용해서 제보를 받고 있는 이상 메일을 제외하고도 분명 어딘가에 연락처가 남겨져 있을 거야.'

예상은 적중했다.

[찾았습니다. 지금 전송해드리겠습니다.]

"고마워."

나이트와의 통화를 끝내고 메시지 함을 살피니, 휴대폰 번호 하나가 전송되어 있었다.

"뭐야? 설마 너 지금 차태현 기자 연락처 알아낸 거야?"

옆에서 통화내용을 듣고 있던 최혜진이 깜짝 놀란 얼굴로 물었다.

"왜 그래?"

"아, 아니 그게 그렇게 쉽게 알아낼 수 있는 건가 싶어서. 게다가 차태현이란 그 기자 원래부터 좀 유명한 사람이더라고."

"유명?"

"응, 혹시 너 몇 년 전에 있었던 정아름 성추행 사건이라고 기억해?"

잠시 눈을 감고 기억의 늪에 빠져 있는 조각들을 살폈다. 툭 하고 조각 하나가 늪에서 튀어 올라왔다.

"대기업 임원이 정신질환이 있는 7세 아동을 성폭행했다가 무죄로 풀려났던 사건 말이지?"

정아름 성폭행 사건.

2008년 당시 사회를 떠들썩하게 만들었던 사건이었다.

평소 페도필리아(paedophilia), 즉 소아성애증이 있던 대기업의 임원이 자신이 사는 집 근처를 지나가던 여자 아이를 납치해서 성폭행한 사건으로 국내는 물론 해외에도 큰 이슈가 되었다.

하지만 정작 더 큰 이슈가 되었던 것은 1심에서 선고된 재판부의 판결 때문이었다.

당시 대기업 임원이 술에 취해 있었고, 아동이 당시의 상황을 제대로 기억하지 못하며 증언을 번복한 점.

또 성폭행과 관련된 정황만 존재할 뿐 실질적인 증거가 없다는 것을 이유로 무죄를 선고한 것이다.

이에 아이 측의 변호사는 불복하고 다시 소송을 제기했지만, 2심 역시 원심과 마찬가지로 법원은 대기업 임원의 편을 들어줬다.

그러던 것이 마지막 공판에서 한 기자가 제출한 증거에 의해서 판결이 뒤집어졌다.

기자가 제출한 증거에는 대기업 임원이 아이를 성폭행하는 영상 이외에도 다른 아이들을 성추행 하는 영상이 그대로 담겨 있던 것이다.

사건의 정황은 이러했다.

소아성애증이 있던 대기업 임원은 자신이 한 행위에 대해 촬영을 하는 습관이 있었다.

당시에도 아이를 성폭행하고 그 장면을 영상으로 담았는데, 차마 지우기가 아까워서 비밀 외장 하드에 숨겨 뒀던 것을 바로 그 기자가 찾아낸 것이다.

정상참작의 여지가 없는 증거 앞에 재판부는 대기업 임원의 죄질이 무척 불량하고, 피해자의 성적 수취심과 앞으로 감내해야 할 정신적 고통이 상당하다는 점을 고려해 앞서 무죄를 판결한 원심을 파기하고 징역 20년을 구형했다.

"맞아. 나중에 들어보니까 당시 증거를 제출했던 기자 말이야. 감옥을 돌면서 온갖 아동 성범죄자란 범죄자는 다 만나고 다녔대. 그들을 만나면서 아동 성범죄자들이 지닌 특징이나 습관 같은 것들을 찾아낸 거지. 그렇게 단서를 잡고는 그 다음에 도둑들과 장물아비들을 만나고 다니면서 뒤가 구린 놈들이 소중한 물건을 어디다 숨기는지 배웠다는 거야."

최혜진의 얘기를 듣고 있자니 설마 하는 생각이 떠올랐다.

"그럼 당시 그 임원 집에서 찾아냈다는 증거를 그 기자가 직접 훔쳐냈다는 거야?"

"정답."

기가 막히고 어이가 없었다.

아이의 억울함을 밝히기 위해 그랬다고는 하지만, 어찌됐든 그가 한 행동은 범죄였다.

물론 나였다면, 그 기자보다 더한 짓을 하고도 남았을 것이다.

하지만 그건 내게 특별한 능력이 있기 때문이다.

그런 능력도 없이 일개 기자가 그런 짓을 벌였다가는 대한민국에서 마녀사냥을 당하기에 딱 좋았다.

오죽했으면, 사람을 구하기 위해 구조 현장에서 가면을 쓰고 도사 노릇을 했겠는가?

"정말 무슨 그런 또라이 같은 기자가 다 있어?"

"그 또라이가 바로 차태현 기자야."

"뭐?"

최혜진이 입 꼬리를 말아 올리며 미소를 지었다.

"그뿐이게? GI 건설 노동자 자살 사건, 창원 아르바이트생 폭행 사건, 용인 구급차 사건 등. 그 차태현이라는 기자, 법의 보호를 받지 못하는 사회적 약자를 위해서 부단히 활동하고 있어."

최혜진이 언급한 사건은 모두 사회적 약자가 상대적인 강자에게 짓눌려 공정한 판결을 받지 못할 뻔했던 사건들이었다.

그리고 이 모든 사건의 공통점은 2심까지는 가해자가 무죄를 선고받았지만, 결국 최종 판결에 가서는 결정적인 증거가 나타나서 징역형을 받게 됐다는 점이었다.

"그게 모두 그 차태현이란 기자가 해낸 일이라면……."

둘 중에 하나일 것이다.

그 사람이 정말 미친 또라이거나 혹은 천재이거나.

"그런데 넌 어떻게 그런 것들을 다 알고 있는 거야?"

"그, 그야 내가 원래 사회적인 이슈에 관심이 많으니까 그렇지. 절대 그 기자가 네 기사를 써서 찾아본 건 아니야."

당황하는 최혜진의 모습에 미소가 흘러 나왔다.

하지만 그것도 잠시였다.

"뭐, 뭐 하는 거야!"

"어?"

정신을 차리고 보니 어느새 내 손이 그녀의 머리 위에 올려 있었다.

급히 손을 치우자 얼굴 전체가 붉게 달아오른 최혜진의 얼굴이 보였다.

"아, 이건 그러니까 그게…… 잠시만. 나 전화 좀 할게."

"……."

재빨리 나이트에게서 날아온 번호로 전화를 걸었다.

몇 번의 신호음이 가더니, 이내 굵직한 사내의 목소리가 흘러나왔다.

[여보세요?]

"실례합니다. 혹시 차태현 기자 맞으십니까?"

[…….]

"여보세요?"

[네, 일단은 맞는데. 그쪽은 누구십니까?]

"한정훈이라고 합니다. 누구인지는 딱히 설명하지 않아도 아시겠죠?"

이미 특집 기사를 두 번이나 써 놓고서 모른다는 건 말이 되지 않는 소리였다.

하지만 한정훈이라는 이름을 밝히자 휴대폰 너머로는 숨소리조차 들리지 않았다.

"여보세요? 차태현 기자님?"

[아! 죄송합니다. 너무 당황하세요. 그보다 이 번호는 대체 어떻게 아셨습니까? 이게 그렇게 쉽게 알 수 있는 번호가 아닌데.]

"다 아는 방법이 있죠."

[그야 그렇겠죠. 그러니까 이렇게 전화를 하셨겠고요.]

이것 봐라? 어딘지 모르게 목소리가 굉장히 퉁명스러웠다.

순간적으로 울컥 치솟은 감정을 가라앉히며 입을 열었다.

"그보다 차 기자님. 저한테 뭐 하실 말씀 없으신가요? 기자님 덕분에 제가 지금 꽤 곤란한 상황이거든요."

[……저희는 기자의 본분대로 알 권리를 국민들에게 제공했을 뿐인데요.]

"그 알 권리를 위해서면, 누군가의 인권은 짓밟혀도 되는 건가요?"

[…….]

"차 기자님."

[네, 인권 중요합니다. 그래서 고소라도 하실 생각이신가요? 고소하시겠다면, 담담히 받아들이겠습니다. 뭐, 고소를 당한 적이 한두 번도 아니고요. 하지만 기사는 계속 쓸 생각입니다. 그게 저희가 해야 하는 일이자 의무이니까요.]

강단이라고 해야 할까?

역시 전화 통화만으로는 상대가 어떤 사람인지 파악하기가 어렵다.

'고지식하면서도 뭔가 유한 느낌이란 말이야. 그런데 분명한 건 혜진이가 말했던 것만큼의 그 이상한 느낌은 없다는 거지.'

쉽게 말해서 앞서 언급했던 사건에서 그런 일을 저지를 만큼의 또라이 같다는 생각은 들지 않았다.

"후우. 본론부터 말하죠. 그쪽이랑 인터뷰를 진행하고 싶습니다. 가능하겠습니까?"

[이, 인터뷰요?]

"네, 이상한 기사들이 계속 나오기 전에 제가 한 일에 대해서는 제 입으로 말하는 게 좋을 것 같아서요."

[정말 고소가 아니라 저희랑 인터뷰를 하실 생각이신가요?]

"기자라는 분이 속고만 사셨습니까?"

[자, 잠시만요! 선배! 차 선배! 아, 그만 자고 빨리 일어나 봐요! 대박 사건이라고요. 한정훈이 직접 인터뷰하겠데! 고소가 아니라 우리랑 인터뷰를 하겠다고요!]

"뭐야?"

휴대폰 너머로 들리는 목소리에 고개를 갸웃거렸다.

분명 본인이 차태현이라고 인정을 했는데, 갑자기 그 사람이 다른 사람을 보고 차 선배라 부르고 있었다.

[흐아암! 졸려 죽겠네. 양세훈이 확 뚝배기를 깨버릴라! 어디 하늘 같은 선배가 자고 있는데 깨우고 있어? 네 위로 한번 다 집합시켜봐?]

[제 위로는 선배랑 대표님밖에 없거든요? 아 씨, 아무튼 지금 그게 문제가 아니라고요. 한정훈! 선배가 특종 잡아온 그 한정훈이 스스로 인터뷰를 하겠다고 전화했어요!]

[갑자기 그게 뭔 소리야? 누가 전화를 해?]

[한정훈! 그 한정훈이요!]

[뭐? 이런 미친! 그걸 왜 지금 말하고 있어!]

[아, 아니 아까부터 내가……]

왁자지껄한 소란스러움도 잠시, 이내 조금 전과는 전혀 다른 목소리가 흘러 나왔다.

[한정훈 씨? 애국일보의 차태현 기자입니다.]

조금 전과는 다르게 당당하면서도 정확한 발음이었다.

"네, 한정훈입니다. 그런데 이상하네요. 조금 전까지만 해도 전화 받으신 분이 차 기자님이시라고 하던데. 이제는 또 다른 분이 차 기자님이라고 하고 있으니까요. 혹시 동명이인 그런 겁니까?"

상대가 처음부터 거짓말을 했으니, 말이 좋게 나갈 리가 없었다.

[하하! 죄송합니다. 저희가 하도 사고를 많이 치다 보니 적이 좀 많습니다. 그중에서도 제가 좀 더 많고요. 그러다 보니 후배들이 간혹 저를 사칭하고는 합니다. 자기들 딴에는 절 지켜주려고 하는 거죠.]

적이 많다는 말은 사실일 것이다. 최혜진의 얘기를 들어보면, 차태현은 주로 불합리하거나 약자를 위한 기사들을 많이 썼다.

당연히 높으신 분들이, 가진 것 많은 사람들이 탐탁하게 여길 리가 없었다.

[거짓말을 한 점은 진심으로 사과드리겠습니다. 그런데 참 신기하네요. 대체 이 번호를 어떻게 알아낸 겁니까? 경찰이나 검찰도 못 찾아낸 번호인데. 혹시 주변에 저희 애국일보를 잘 아는 기자라도 있으십니까?]

애초에 경찰이 꽁꽁 숨겨 놓은 비밀 영상도 단번에 찾아낸 나이트였다.

검찰이나 경찰의 정보력은 나이트와 비교할 수 있는 수준이 아니었다.

"그건 나중에 알려드리죠. 그보다 인터뷰 말입니다. 기자님이랑 단독으로 진행하는 대신에 조건이 하나 있습니다."

[예? 조건이요? 이거 왠지 벌써부터 불안한데요. 제가 가진 게 워낙 없어서 말이죠.]

"특집 기사 3부. 그거 조금만 미루죠."

지금까지 특집 기사는 모두 24시간을 기준으로 올라왔다.

그렇다면, 마지막인 3부가 올라올 시간은 내일쯤이 될 것이다.

[으음, 특집 기사를 미룬다라…….]

차태현의 입에서 얇은 신음이 흘러 나왔다. 그리고는 잠시 뜸을 들이다가 입을 열었다.

[이미 퇴고까지 완료한 기사입니다. 이제 와서 미루기는 조금 그렇습니다. 이미 대중에게 올린다고 약속까지 한 상황이고요. 만약 올리지 않으면 저와 애국일보가 거짓말쟁이가 될 텐데요?]

"그럼, 인터뷰 안 하실 겁니까?"

[…….]

"제 입장에서는 다른 메이저 신문사나 방송사랑 인터뷰를 해도 상관이 없습니다. 그런데도 애국일보를 선택한 건, 차 기자님이 기자로 활동하시면서 가십거리에 집착하기보다는 사실을 밝히는 데 초점을 둔 기사를 썼기 때문입니다. 그런 분과 인터뷰를 한다면, 적어도 제 인터뷰로 사람들의 관심을 받으려고 악의적인 편집을 하지는 않으실 테니까요."

아무리 특집 기사라고 해도 당사자의 인터뷰가 담긴 내용만큼 파급 효과가 있을 리 없다.

물론 정상훈 선장 역시 사고의 당사자인 것은 분명한 사실이었다.

하지만 현재 화제의 중심에 있는 사람은 누가 뭐라 해도 바로 나였다.

[아…… 이것 참. 원래 이런 거래는 안 받아들이는 성격인데.]

떡밥이 조금 약했나? 그렇다면, 좀 더 좋은 미끼를 하나 던져봐야겠다.

"인터뷰하고 기사를 잘 써주시면, 제가 아주 재미있는 소식도 알려드리죠."

[재미있는 소식이요?]

"네, 제가 알려드리는 소식이랑 연계해서 같이 쓰면 꽤 좋은 기사가 나올 겁니다."

좋은 기사. 이런 소리를 듣고 가만히 있다면, 그는 기자가 아닐 것이다.

[이거 기자를 다룰 줄 아시네요. 알겠습니다. 하죠. 인터뷰! 지금 어디 계십니까? 제가 당장 가겠습니다.]

"아니요. 인터뷰는 내일 서울에서 하겠습니다. 장소는 아침에 문자로 보내드리도록 할게요. 그럼."

[어? 잠깐만요! 한…….]

뚝-

내가 이득을 취할 게 있다고 해도 나는 아낌없이 퍼주는 나무가 아니다.

상대방도 이득을 취할 게 분명한데, 조금은 애를 태우는 맛이 있어야 하지 않을까? 모르긴 몰라도 내일까지는 애간장이 탈 것이다.

"응? 왜 그렇게 보고 있어?"

고개를 돌리니, 최혜진이 입을 벌리고 나를 쳐다보고 있었다.

"너, 너 진짜 차태현 기자랑 인터뷰하려고? 지금도 인터넷에 그 블랙박스 보고 너 외계인이 아니냐는 글이 있는데, 괜히 긁어 부스럼 만드는 거 아니야?"

"혜진아."

"어?"

"만약에 말이야, 영화 속 배트맨이나 아이언 맨 같은 사람이 현실에 존재해서 악당들을 때려잡는다고 생각하면 어떨 것 같아?"

"뭐야? 갑자기 뜬금없이."

"한번 대답해봐."

잠시 생각하던 최혜진이 말했다.

"뭐 그런 일은 없겠지만, 짜릿하지 않을까? 솔직히 요새 뉴스나 그런 걸 보면 너무 답답하거든. 죄를 짓고도 제대로 죗값을 치르지 않거나 혹은 끔찍한 일을 저지르고도 당연하다는 듯이 인권을 주장하는 사람이 너무 많아. 그런 사람들 벌주라고 법이 있기는 하지만, 대부분이 솜방망이 처벌이잖아? 사람을 죽이고도 심신미약이니 정신병이니 이런 이유를 들어서 3년 혹은 5년 형이라는 게 말이 돼?"

"법을 잘 알아서 법을 이용해서 나쁜 짓을 저지르는 사람들도 많으니까."

격하게 공감한다는 듯 고개를 끄덕인 최혜진이 주먹을 쥐고는 말을 이었다.

"맞아! 그래서 가끔은 네가 말한 것처럼 배트맨이나 아이언 맨 같은 사람이 존재하면 좋겠다는 생각을 해. 그 사람들 엄청난 능력을 가진 데다가 돈도 많아서 완전 절대 갑이잖아. 그런 사람이 존재하는 것만으로도 나쁜 놈들은 겁이 나서 죄를 짓지 못하게 하는 효과도 있을 거고."

"그래서 난 앞으로 그런 사람이 되려고 해."

"뭐?"

"배트맨이나 아이언 맨 말이야."

자리에서 일어나서 미니 냉장고로 걸어갔다.

그곳에서 차가운 기운을 품고 있는 맥주 두 캔을 꺼낸 뒤 그중 하나를 최혜진에게 건넸다.

딱-

꿀꺽- 꿀꺽-

꺼내온 맥주를 단숨에 반쯤 비워내고는 오른 손바닥을 바라봤다.

"……한 손에는 돈이라는 칼을 쥘 거야. 그리고 다른 한 손에는 공권력이라는 창을 쥘 거고. 그리고 그걸 지탱해주는 대중의 믿음. 적어도 이 세 가지만 있다면, 그 어떤 부조리에도 무릎 꿇지 않고 앞으로 나아갈 수 있다고 생각하거든."

건네받은 맥주를 만지작거리던 최혜진이 웃음기가 사라진 얼굴로 물었다.

"그게 네가 바라는 꿈이야?"

"꿈이라기보다는 목표라고 할 수 있지."

과거였다면, 개소리라고 해도 할 말이 없는 목표다.

하지만 지금은 전혀 가능성 없는 목표가 아니었다.

이미 3가지 중에서 하나는 손에 넣었으며, 다른 하나는 진행 중이다.

문제는 과연 평범하지 않은 내 능력을 어떻게 포장해서 이 세상 사람들에게 믿음을 주고받을 것인가 정도였다.

"그럼, 그 다음에는 어떡할 거야? 돈도 있고 권력도 있고 사람들의 믿음도 있다면, 대통령이라도 될 생각이야?

너 법조인이 아니라 설마 정치인이 꿈이었어?"

"아니, 히어로."

"……너 맞고 싶지?"

슈욱!

최혜진이 또 다시 내 복부를 향해 주먹을 내질렀다.

하지만 이번에는 그보다 내 움직임이 훨씬 빨랐다.

가볍게 주먹을 피하고는 캔에 남아 있는 맥주를 마저 입에 털어 넣었다.

"난 진심으로 한 말인데. 궁서체를 쓸 정도로 아주 진지하다고."

그간 줄곧 생각하고 고민했었다. 과연 내가 무엇을 하고 어떤 사람으로 살아야 하는지를 말이다.

그러다가 떠올린 것이 바로 과거의 내 모습이었다.

가진 것이 없어서 원하는 꿈을 꿀 수 없고 오로지 공부만을 선택해야 했던 현실.

세상에는 이런 나보다 더 힘든 상황에 처한 사람이 많을 것이다.

그뿐인가?

억울하고 부조리한 일을 당해 소리쳐도 세상에 닿지 못하는 목소리를 지닌 사람들 역시 백사장의 모래알만큼이나 많이 있다.

'이미 혼자서는 얼마든지 잘살 수 있다. 그러니까 내가

앞으로 하고 싶은 일. 이 세상이 좀 더 빛날 수 있도록 바꾸겠어.'

여러 번 과거를 오가며 느꼈다.

비록 지금의 문명이, 과학과 기술이 훨씬 발달된 세계이지만, 사람들이 살아가는 모습은 전혀 바뀌지 않았다는 것을 말이다.

오히려 어떤 면에서는 현대가 과거보다 더 꿈을 꾸기 힘든 세상이 되어 버린 점도 있었다.

그래서 바꾸고 싶다는 목표를 세우고 꿈을 가졌다.

적어도 꿈을 꿀 수 있고, 억울하다고 소리치는 외침이 세상에 닿기도 전에 사라지는 일 따위는 없는 세상을 만들겠다고.

하지만 이런 내 생각을 알지 못하는 최혜진의 입장에서는 21살 대학생의 치기 어린 모습으로 보이는 게 당연했다.

"네네. 마음대로 하세요. 하지만 그 전에 일단 호텔을 빠져 나갈 방법부터 생각해야 할걸? 로비에 기자들이 정말 벌떼처럼 모여 있다니까. 네가 내려가면, 아마…… 으으. 벌써부터 생각만 해도 피곤하다."

"걱정할 거 없어. 아주 간단한 해결 방법이 있으니까."

"간단하다고?"

"그래, 그러니까 오늘은 아무런 걱정하지 말고 푹 쉬도록 해. 날 위해 제주도까지 와줬으니, 여기 음식도 좀 먹어봐야 하지 않겠어?"

고개를 갸웃거리는 최혜진을 향해 싱긋 웃어줬다.

아무런 소동 없이 이곳을 빠져나가는 데 준비할 시간이 필요하니, 하루 정도는 이렇게 쉬는 것도 나쁘지 않을 것이다.

Chapter 87. 사법 고시

“네, 알겠습니다. 이미 모든 조치를 취했습니다. 그럼, 시작하겠습니다.”

크라운 호텔 지배인실.

올해로 십 년째 크라운 호텔의 지배인을 맡고 있는 염성환 과장이 휴대폰을 호주머니에 넣고는 옷매무새를 가다듬었다.

평소 술과 담배를 멀리하고 자기 관리를 열심히 한 덕분에 염성환 과장은 45살이라는 나이가 무색할 정도로 탄탄한 몸매와 동안 얼굴을 지니고 있었다.

거짓말을 조금 보태면, 이제 갓 입사한 호텔의 남자 신입

사원들과 비교해서 늦둥이 입사(?) 정도로 보일 정도였다.

"아아…… 우우…… 오오…… 으으."

염성환 과장이 지배인 실 벽면에 있는 거울로 다가가서 여러 발음 소리를 외치며, 굳어져 있는 얼굴 근육을 풀었다.

"좋았어. 그럼, 미션을 수행하러 가보도록 할까나."

저벅저벅-

지배인 실을 나선 염성환 과장이 향한 곳은 크라운 호텔의 1층 로비 데스크였다.

"지배인님, 나오셨어요?"

"좋은 아침입니다. 지배인님."

로비 데스크에 대기하고 있던 직원 두 명이 염성환 과장을 확인하고는 가볍게 고개를 숙였다.

그들은 올해로 입사 3년차인 김나연 대리와 2년차 한성아 사원이었다.

염성환 과장이 가볍게 손을 들어 올려 인사를 받았다.

"나연 씨, 성아 씨, 좋은 아침. 그나저나 로비는 오늘도 여전하네."

"네, 어쩐지 갈수록 사람이 더 많아지는 느낌이에요."

"후우, 덕분에 손님들 불만이 이만저만이 아니에요. 기자들이 깔렸다는 소식을 듣고 예약을 취소하시겠다는 손님들도 꽤 있고요."

한성아 사원의 한숨에 염성환 과장이 쓴웃음을 지었다.

기자들 때문에 기껏 예약한 숙박을 취소하겠다는 사람은 한 부류밖에 없다.

'켕기는 게 많은 사람이지.'

제주도에서 한 손에 꼽히는 특급 호텔답게 크라운 호텔은 다양한 부류의 사람들이 찾았다.

당연한 얘기지만, 그 사람들 중에는 꼭 떳떳한 사람만 있는 것은 아니었다.

애초에 호텔은 신원이 확실하고 돈만 있으면 묵을 수 있는 곳.

도덕적으로 문제가 많은 사람이라고 해도 보유한 돈이 많으면, 아무런 문제가 될 게 없었다.

다만 한 가지. 세간의 시선만큼은 그들에게도 부담스러우니, 사전에 긁어 부스럼이 될 수 있는 일은 일단 피하고 보는 것이다.

"그보다 두 사람 모두 내가 어제 얘기했던 말은 기억들 하고 있지?"

"네, 그럼요."

"준비됐습니다."

김나연과 한성아의 시선이 엘리베이터로 향했다.

염성환 역시 왼쪽 손목에 채워진 손목시계를 확인하고는

두 사람이 바라보고 있는 방향으로 고개를 돌렸다.

그렇게 1분 정도가 흘렀을까?

띵-

엘리베이터가 도착했다는 소리와 함께 문이 열리며, 선글라스와 모자를 푹 눌러쓴 사람이 내렸다.

입가에는 마스크까지 착용하고 있어서 한눈에 봐도 난 수상한 사람이라는 기색을 철저하게 풍기고 있었다.

그리고 바로 그 순간. 수상한 사람을 바라보고 있던 염성환이 과장된 몸짓과 함께 손으로 그를 가리켰다.

"앗! 한정훈 손님?"

뒤이어서 김나연과 한성아 역시 깜짝 놀란 얼굴로 외쳤다.

"지배인님. 저분이 그 한정훈 손님이에요?"

"아아! 저 손님이 바로 그분?"

소란스러웠던 로비가 순간 침묵에 빠졌다.

로비에 모여 왁자지껄 떠들고 있던 기자들의 시선이 일제히 엘리베이터 앞에서 서성이고 있는 수상한 사람에게로 향했다.

탓!

동시에 시선을 받은 수상한 사람이 호텔의 입구를 향해 달음박질치기 시작했다.

"어? 저 사람 뭐야?"

"직원들이 한정훈이라고 한 것 같은데?"

"이런, 망할! 뭐하고 있어! 당장 쫓아!"

"카메라! 카메라 챙겨!"

한발 늦게 사태를 파악한 기자들이 당황해하며 재빨리 카메라를 들고 수상한 사람을 쫓아 호텔을 빠져 나가기 시작했다.

그 모습을 지켜보던 한성아가 미소를 짓고는 말했다.

"제 연기 어땠어요?"

"그게 무슨 연기야. 그냥 소리 한 번 친 거지. 그나저나 지배인님, 이제 된 건가요?"

김나연의 물음에 염성환이 고개를 끄덕였다.

염성환이 시선을 돌려 다시 엘리베이터를 쳐다봤다.

띵-

1층에 도착한 엘리베이터의 문이 열린 순간.

염성환을 따라서 그곳을 바라보던 김나연과 한성아가 깜짝 놀란 표정을 지었다.

푹 눌러쓴 모자와 선글라스, 얼굴의 반을 가린 마스크까지. 조금 전 호텔을 빠져나간 수상한 사람과 똑같은 복장의 사람이 엘리베이터에서 걸어 나왔기 때문이었다.

저벅저벅-

염성환이 자신을 향해 걸어온 그를 향해 고개를 가볍게 숙이고는 말했다.

"요청하신 대로 이행했습니다. 기자들도 쫓아갔으니까 걱정하지 않으셔도 될 겁니다."

사내가 고개를 끄덕이고는 주변을 훑어보다가 이내 호텔의 출입구를 향해 걸음을 옮겼다.

"아하! 아까 처음에 빠져 나간 분은 미끼였군요?"

"흐음, 드라마에서 연예인들이 도망칠 때 자주 사용하는 수법이네요."

두 사람의 중얼거림에 염성환이 쓴 웃음을 지었다.

"똑똑한 토끼일수록 여러 개의 토끼 굴을 파는 법이지. 왜냐하면, 노련한 사냥꾼은 꽤 인내가 좋은 편이거든."

김나연과 한성아가 이 의미를 깨닫기까지는 오랜 시간이 걸리지 않았다.

스윽- 스윽-

호텔 로비 곳곳에서 신문을 보거나 음료수를 먹던 사람.

마치 오랜만에 만난 친구처럼 대화를 나누던 사람들이 마치 짜기라도 한 듯 슬그머니 동작을 멈췄다.

그리고는 일제히 빠른 걸음으로 막 호텔 로비를 벗어나는 사람을 쫓기 시작했다.

"역시 예상대로네. 도와주셔서 감사드립니다. 지배인님."

뒤에서 들리는 목소리.

염성환과 김나연, 한성아가 시선을 뒤로 돌렸다.

"어?"

"앗!"

당황해하는 두 직원을 뒤로하고 염성환이 얼굴 만면에 미소를 짓고는 말했다.

"VVIP께 최대한 협조하는 것도 저희 직원들이 해야 할 일이니까요. 한정훈 고객님."

정겹게 웃는 염성환의 뒤에 서 있는 사람.

그건 다름 아닌 나였다.

애초에 앞서 한정훈인 척하고 뛰어 나간 두 사람은 로비의 기자들을 따돌리기 위해 내가 호텔에 요청해서 고용한 내 대역들이었다.

"이제야 좀 한산하네. 그나저나 너 머리 좀 썼다?"

옆에 서 있던 최혜진이 팔꿈치로 허리를 툭 치며 싱긋 웃었다.

"머리를 쓰기보다는 TV에서 본 걸 따라한 거지. 그나저나 기자들이 돌아오기 전에 서둘러 가자. 아마 기자들도 그 사람이 내가 아니라는 걸 금방 눈치 챌 거야."

"학교에는 말하지 않아도 돼?"

"교수님들한테는 이미 말씀 드렸어. 바로 허락해주시던걸?"

"하긴, 그 난리가 있었으니."

최혜진이 알겠다는 듯 고개를 끄덕였다.

"자, 그럼 곧장 공항으로 가자."

호텔 로비를 벗어나기 위해 걸음을 옮길 때였다.

또각또각-

유난히 또렷하게 귓가를 울리는 구두 소리.

걸음을 멈추고 시선을 소리가 들려온 방향으로 돌렸다.

그곳에는 허리까지 내려오는 긴 생머리의 여성이 있었다.

키는 170cm 정도 됐을까?

주먹보다 작은 얼굴에는 눈과 코, 입이 오밀조밀하게 자리 잡고 있었다.

몸매는 S라인이라고 부르기에 1%의 부족함도 있지 않았다.

두근- 두근-

심장의 두근거림.

양미간이 저절로 모아졌다.

'이상하네.'

상대는 미인이라고 부르기에 부족함이 없었다.

하지만 지금까지 미인을 봤던 게 어디 한두 번이던가?

레이아도 그렇고 바로 옆에 있는 최혜진만 해도 각자 나름의 매력을 지닌 미인들이었다.

하지만 신기하게도 로비를 걸어오고 있는 여성에게서는 표현하기 힘든 야릇한 기분이 들었다.

'이런 느낌을 어디서 받은 적이 있던 것 같은데?'

과거의 기억을 뒤적거리며, 이 느낌의 정체를 찾는 순간이었다.

퍽!

"누가 남자 아니랄까봐!"

"그런 게 아니라. 왠지 느낌이 그래서……."

"느낌은 무슨! 아무튼 남자들이란 다 똑같다니까! 기자들 오기 전에 빨리 가야 한다며? 그만 쳐다보고 갑시다. 한.정.훈 씨!"

"……그래."

하지만 최혜진의 손에 이끌려 로비를 벗어날 때까지도 여성을 바라보면서 들었던 이상한 기분과 느낌은 사라지지 않았다.

"흐음."

미나코가 자신을 지나쳐 나간 커플을 보며 고개를 갸웃거렸다.

분명 처음 보는 사람인데, 남자에게서 어디선가 본 것 같은 기분이 들었기 때문이다.

혼자만의 느낌이라고 생각하기에는 남자 역시 자신을

뚫어져라 쳐다보고 있었다.

하지만 아무리 기억을 더듬어 봐도 미나코는 그 남자를 본 적이 없었다.

마음 같아서는 그 남자에게 직접 자신을 아냐고 물어보고 싶었지만, 옆에 있는 여자가 갑자기 화를 내는 바람에 타이밍을 놓치고 말았다.

"뭐, 그냥 별것 아니겠지. 아니면 내가 그동안 너무 굶었나? 그 남자 내 취향이기는 했는데."

할짝-

미나코가 혀로 입술을 한번 훔치고는 로비 데스크를 향해 걸어갔다.

"고객님, 어서 오십쇼. 무엇을 도와드릴까요?"

"스위트룸 하나랑 사람을 한 명 찾고 싶은데요. 이름이……."

미나코의 말이 끝나기 전이었다.

"미나코 상!"

미나코가 고개를 돌린 곳에 서 있는 사람은 바로 손태진이었다.

미나코가 고개를 갸웃거리며 물었다.

"처음 보는 얼굴인데 제 이름을 알고 계시네요. 누구시죠?"

"아! 전 손태진이라고 합니다. 미나코 상에 대한 얘기는 오빠 분에게 많이 들었습니다. 사진으로 보여주셨던 것보다 훨씬 미인이시군요."

"오빠가 제 사진을 보여줬다고요? 이 인간이 정말!"

얼굴을 일그러트리는 미나코의 모습에 손태진이 급히 입을 다물었다.

'음, 한 성질 한다는 말이 진짜인가보군.'

머릿속에 새롭게 수집한 데이터를 정리한 뒤 손태진이 다시금 입을 열었다.

"그 물건과 관련해서 저랑 대화를 나누고 싶다는 말씀은 들었습니다. 그래도 미리 연락을 주셨으면, 사람을 보냈을 텐데. 이렇게 제가 있는 호텔까지 오실 줄이야. 아! 이럴 게 아니라 우선 자리를 옮겨서 차라도……."

"잠깐!"

"……?"

미나코가 팔짱을 낀 자세로 입을 열었다.

"물건 때문에 한 번 만나겠다는 얘기를 한 건 맞아요. 하지만 오늘 내가 여기에 온 건 당신을 만나기 위해서가 아니랍니다."

손태진의 표정이 살짝 굳어졌다.

"그게 무슨 소리입니까?"

"한국인이 한국말을 이렇게 못 알아듣나요? 제가 오늘 여기에 온 건 다른 약속이 있기 때문이지 당신을 만나기 위해서가 아니라고요. 그러니 굳이 우리 둘이 차를 마실 이유도 없죠. 당신은 그저 우리 오빠와 친분이 있는 사이일 뿐, 아직 나와 비즈니스나 그 어떤 관계도 아니니까요. 제 말 무슨 뜻인지 이해하시겠어요?"

"……."

손태진은 말없이 고개를 끄덕였다.

만약 다른 재벌가 혹은 정치권의 후계자였다면, 지금과 같은 상황에서 자신이 무시당했다는 생각에 화를 냈을 것이다.

하지만 손태진은 오히려 더 사람 좋은 미소를 지었다.

그는 자신이 원하는 것을 취하기 위해서는 자존심 따위는 언제든 굽힐 수 있는 남자였다.

결국, 최후에 웃는 건 자존심을 지킨 사람이 아니라 원하는 걸 모두 취한 사람이기 때문이다.

"그렇군요. 이해했습니다. 그럼, 오늘은 이렇게 직접 보고 인사를 했다는 사실에 만족하고 물러나도록 하겠습니다. 빠른 시일 내에 정식으로 비즈니스적인 관계로 다시 뵙길 기대하겠습니다."

정중하게 고개를 숙인 손태진이 한 걸음 뒤로 물러섰다.

"지배인님, 여기 계신 분이 호텔에 묵는 동안 부족한 게 없도록 잘 챙겨주세요. 그 모든 비용은 제가 지불하겠습니다."

호텔에 VVIP가 한 명일 리가 없었다.

손태진 또한 크라운 호텔의 VVIP였다.

그리고 호텔 지배인이 갖춰야 할 소양 중 기본이 바로 VVIP들에 대해서 정확하게 파악하는 것이었다.

"최선을 다하도록 하겠습니다."

미나코가 고개를 돌려 손태진을 쳐다봤다.

"그걸 왜……."

"비즈니스. 성공적인 비즈니스를 위한 호의라고 생각해서 받아주시면 감사하겠습니다."

불편한 표정으로 손태진을 바라보던 미나코가 이내 얼굴을 풀고 고개를 끄덕였다.

"좋아요. 호의는 잘 받도록 하죠."

"그거면 됐습니다. 그럼, 한국에서 좋은 시간 보내고 가시기를."

만족스러운 표정과 함께 손태진이 가볍게 고개를 숙이고는 몸을 돌렸다.

상대가 비즈니스를 위해 온 게 아니라면, 그 또한 구질구질하게 계속 말을 섞고 있을 이유는 없었다.

그 또한 프로였기 때문이다.

"……얘기는 잘되셨습니까?"

손태진이 걸어오자 한쪽에서 대기하고 있던 그의 비서가 재빨리 옆에 따라 붙으며 물었다.

손태진이 고개를 흔들었다.

"나를 만나기 위해 온 게 아니라더군."

"네? 그게 무슨 소리입니까? 분명 마쓰바시 상께서 미나코 상이 도련님을 만나기 위해 제주도로 간 것이라고 말씀하지 않으셨습니까?"

비서의 말대로였다. 마쓰바시는 분명 미나코가 이번 문화재들과 관련해서 논의를 하기 위해 자신을 찾을 것이라고 사전에 연락을 줬다.

그렇기 때문에 손태진은 미리 준비를 할 수 있었고 로비에서 미나코를 만날 수 있던 것이다.

하지만 결과적으로 정작 본인인 미나코가 자신을 만나기 위해 이곳을 찾은 것이 아니라고 말한 이상 손태진이 할 수 있는 행동은 없었다.

"뭐, 아직은 때가 아니라고 생각해야겠지. 청와대 쪽에서 별다른 말이 있던 것도 아니니까 당분간은 지켜보자고. 그보다 그 친구 일은 어떻게 됐어? 연락이 됐나?"

그 친구라는 단어가 흘러나오자 비서의 얼굴이 어두워졌다.

"죄송합니다. 도무지 연락이 되지 않아 호텔 측에 알아보니, 금일 오전 중에 이미 체크아웃을 했다고 합니다."

미나코에게 거절당했을 때보다 진한 아쉬움이 손태진의 표정에 떠올랐다.

내심 현재의 무료한 상황에 또 다른 자극을 줄 수 있지 않을까 생각했기 때문이었다.

"흐음. 아쉽군. 오랜만에 얼굴이라도 한번 봤으면 좋았을 텐데. 당시의 상황도 생생하게 들을 수 있고 말이지."

비서의 고개가 다시 한 번 숙여졌다.

"모두 제 잘못입니다. 좀 더 빠르게 움직였어야 했는데, 다시 한 번 죄송합니다."

"아니야. 기자들에게 괜히 빌미를 주지 않으려고 하다 보니 그런 게 아닌가? 그냥 이번에 만날 인연이 아니었던 거로 생각하세. 뭐, 굳이 만나자고 한다면 못 만날 사이도 아니지 않은가? 어찌됐든 그 친구와 나는 서로가 한 번씩 도움을 줬던 사이이니까."

호텔 로비 밖에는 검은색 세단이 주차되어 있었다.

한화로 치면, 3억이 넘는 고급 세단이었지만 주변을 오가는 사람들 중 그 차를 신경 쓰는 사람은 없었다.

제주도의 명성 높은 특급 호텔답게 크라운 호텔은 하루에도 수십, 수백 대의 고급 승용차가 들락거렸다.

적어도 행인들의 눈길을 사로잡으려면, 손태진의 아버지인 손진석이 끄는 마이바흐 정도는 되어야 할 것이다.

턱-

"고맙네."

비서가 열어준 뒷좌석의 문을 지나 자리에 앉은 손태진이 입가에 미소를 지었다.

머릿속에 사내의 얼굴이 떠올랐다. 그는 한정훈이었다.

우웅-

비서가 운전석에 자리를 잡고 시동을 걸며 물었다.

"그보다 도련님, 이번 모임은 어떠셨습니까? 꽤 많은 분들이 오셨다고 들었는데요."

"모임이야 항상 그렇지. 겉으로는 동문들끼리의 친목도모라고는 하지만 사실상 그곳에는 세 부류의 사람밖에 없으니까."

남들이 보기에는 하버드 동문 모임이라는 게 꽤 거창해 보이지만, 실상 그 속을 들여다보면 평범한 사람들의 모임과 다를 것이 없다.

어차피 모임에는 잘 나가는 놈과 잘 나가는 놈에게 붙고 싶은 놈, 그리고 그런 놈들의 모습을 보기는 싫지만 자신의 야망을 위해 어쩔 수 없이 참가한 놈들밖에 없다.

순수한 목적으로 동문 모임에 참여했던 사람들 중 열에 아홉은 처음 한 번만 참가할 뿐, 그 뒤로는 동문 모임에 얼씬도 하지 않았다.

듣기로는 그들 중 뜻이 맞는 사람들끼리 모여 소소한 동문회를 열고 있다고는 하지만, 말 그대로 소소한 모임일 뿐이었다.

곧게 뻗은 도로를 세단이 미끄러지듯 빠져 나갔다.

비서가 백미러를 통해 뒷좌석에 앉은 손태진의 상태를 확인했다.

자신이 모시는 상관의 기분을 살피지 않고 계속 말을 걸어서는 안 되었다.

하지만 그렇다고 해서 상관이 겪은 일에 대해서 제대로 파악하지 않거나 알지 못하는 것 또한 비서로서는 마이너스였다.

운전에 집중하던 비서가 조심스레 입을 열었다.

"저, 도련님. 듣기로는 KV 그룹의 마 실장도 참석했다고 하던데, 그 사람과는 별일 없으셨습니까? 아무래도 그쪽은 오 의원을 지지하는 쪽이지 않았습니까?"

무덤덤하던 손태진의 입에서 가벼운 탄성이 흘러 나왔다.

"아! 마 실장. 그렇지 않아도 그 사람 꽤 재미있는 제안을 하더군."

"재미있는 제안이요?"

손태진이 몸을 비스듬히 뒤로 기대며 마동석 실장과 나눴던 대화를 떠올렸다.

[그러니까, 선배님 말씀은 KV 그룹에서 저를 정치적 파트너로 삼고 싶다는 겁니까?]

[엄밀히 말하자면, 정치적 파트너보다는 후원자라는 말이 맞겠지. 오 의원이 사퇴를 한다고 해서 자네가 반드시 이번 선거에서 이기리라는 보장은 없지 않은가? 세상일이란 게 한 치 앞을 모르는 거니까.]

[그렇게 생각하시는 분이 후원을 하겠다니, 솔직히 믿기가 힘들군요. 막말로 제가 선거에서 패배할 경우, KV 그룹에서는 얻을 수 있는 게 아무것도 없지 않습니까?]

[전혀. 우린 아주 큰 걸 얻을 수 있네. 자네가 국회의원 이상의 꿈을 가지고 있는 이상, 적으로 남지는 않을 테니까.]

[…….]

[난 한 명의 아군을 만드는 것보다 한 명의 적을 줄이는 게 중요하다고 생각하네. 그리고 내가 판단할 때, 자네는 KV 그룹을 위해서 적으로 남겨둬서는 안 되는 사람이야. 내 직감이 보고서를 볼 때보다 더 위험하다고 경고를 하고 있거든.]

[…….]

[내 제안을 거절할 생각이 아니라면, 서울에서 다시 한번 보도록 하지. 그때는 회장님께서도 함께 하고 계실 테니, 내가 지금 하는 말이 단순히 한번 던져보는 말이 아니었음을 알게 될 것이네.]

마동철의 지론은 평소 손태진이 생각하는 것과 같았다.

다만 조금의 차이가 있다면, 손태진은 영원한 아군도 적도 없다는 생각으로 움직인다는 것이었다.

마동철은 이 말을 끝으로 일말의 미련도 남기지 않고 모임 장소를 빠져 나갔다.

애초에 지금의 말을 전하기 위해 제주도를, 그리고 크라운 호텔을 찾은 것과 같은 행동이었다.

“확실히 그 나이에 KV 그룹의 머리라고 불릴 만한 사람이었어. 하지만 뭐랄까? 제갈량이나 사마의가 아닌 방통을 보는 것과 같은 느낌이었지.”

“네?”

방통. 과거 중국 삼국 시대의 촉한의 장수이자 군사.

삼국지하면 떠오르는 제갈량과 비교될 만큼 뛰어난 책사로, 제갈량을 와룡(臥龍)에 비유한다면 방통은 봉추(鳳雛)라 불리었다.

하지만 자신의 능력을 과신한 나머지 적의 매복에 당해 젊은 나이에 명을 다한 비운의 책사이기도 했다.

“아니야. 그보다 서울로 올라가는 즉시 아버지를 뵈러 갈 테니, 그렇게 알고 준비해줘.”

“알겠습니다.”

대화를 끝낸 손태진이 시선을 창밖으로 돌렸다.

구름 한 점 없는 탁 트인 제주도의 푸른 하늘과 더불어 그의 입가에 걸린 미소가 한층 짙어졌다.

"……기지개를 펼 날도 이제 얼마 남지 않았다."

❖ ❖ ❖

서울 여의도. 고층빌딩이 즐비한 사이사이에 아담하고 작은 카페들이 장난감처럼 자리를 잡고 있었다.

그중 한곳의 야외 테이블에 앉은 사내가 잠이 덜 깬 표정으로 앞에 놓인 아메리카노를 잡아들었다.

그 옆에는 손바닥 절반 정도 크기의 녹음기 하나와 카메라가 놓여 있었다.

쭈읍-

"아, 커피를 먹어도 왜 잠이 안 깨는 거야? 그보다 저 사람들 보기 좋네. 나도 한때는 저런 시절이 있었는데."

사내, 아니 애국일보 소속의 기자인 차태현이 초점이 생긴 눈동자로 자신의 앞을 바쁘게 오가는 정장차림의 남녀를 바라보며 쓴웃음을 지었다.

이제는 잊었다고 생각했던 기억들이 하나둘 떠올랐기 때문이었다.

"그나저나 언제 오려나. 설마 안 오는 건 아니겠지?"

드르륵-

"그럴 리가 있겠습니까?"

"어?"

빈 의자를 빼서 자리에 앉자 눈을 동그랗게 뜨는 차태현의 모습이 보였다.

그의 첫인상은 내가 상상했던 모습과는 조금 달랐다.

'되게 깔끔하네.'

며칠 못 잔 것처럼 피곤한 목소리와는 달리 머리와 옷은 깨끗하고 깔끔했다.

얼굴 역시 다크서클이 길게 내려와 있지만 산적처럼 자란 수염도 없었다.

무엇보다 날카로운 얼굴선에 동글동글한 안경을 쓰고 있는 모습이 꽤 지적이고 신뢰가 가는 모습이었다.

"현재 시각 오후 1시 54분. 약속 시간이 2시였으니까 다행히 늦지 않게 왔네요. 반갑습니다. 한정훈이라고 합니다."

"아, 네. 그 애국일보의 차태현 기자입니다. 여기……."

차태현이 엉거주춤한 자세로 일어서더니 품에서 명함 한 장을 꺼내 내밀었다.

"전 아직 학생이라 드릴 명함이 없네요."

"상관없습니다. 지금은 저희 기자들한테 한정훈 씨 얼굴이 명함이나 다름없거든요."

"그거 다행이네요."

가볍게 입가에 미소를 지은 차태현이 말했다.

"그보다 인터뷰는 어떻게 하시겠습니까? 바로 시작할까요? 괜찮으시면, 오프 더 레코드로 시작 전에 몇 가지 묻고 싶은 것들이 있는데요. 아, 물론 이건 제 개인적인 호기심입니다."

오프 더 레코드는 기록을 남기지 않는 비공식 발언이란 뜻이었다.

"괜찮습니다. 곤란한 질문만 아니면 답변해드리겠습니다."

쉽게 수락하자 단번에 얼굴이 밝아진 차태현이 곧장 질문을 던졌다.

"왜 하필 저한테 인터뷰를 하자고 한 겁니까? 사실 제가 그렇게 유명…… 네, 뭐 조금 유명은 하죠. 업계에서 별명이 무데뽀니까요."

순간 터져 나오려는 웃음을 억지로 참고서 애써 태연한 표정을 유지했다.

"하지만 그래도 누군가에게 딱 컨택을 받아서 인터뷰를 따낼 정도의 기자는 아니거든요? 애국일보가 그렇게 유명한 신문사도 아니고요. 그런데 굳이 저를 선택해서 인터뷰를 하자고 한 저의가 뭡니까?"

"그게 그렇게 궁금하셨습니까?"

"당연하지 않겠습니까? 기자라고 해서 상대가 인터뷰 해주겠다는 말에 다 좋아하는 건 아닙니다. 인터뷰를 하는 대상이 어떤 목적이나 생각을 가졌는지도 중요합니다. 자칫 인터뷰 내용을 기사로 내보냈다가, 그게 잘못된 내용이면 우리 목을 조이는 밧줄이 될 수도 있거든요. 어찌됐든 대중에게 진실이 아닌 거짓을 알린 건 저희 기자들 책임이니까요."

"그건 이상하네요. 제가 아는 기자들은 특종이라면 진실과 상관없이 일단 기사로 내보낸다고 알고 있는데."

탁-

차태현이 인상을 찌푸리며 손에 들고 있던 커피를 내려놨다.

"그거야 흔히 말하는 기레기들이나 그런 겁니다. 진짜 기자들은 그런 짓 안 합니다."

기자는 자신의 이름을 걸고 기사를 낸다.

이 말은 그 기사를 올린 기자가 그 내용에 대한 진실을 보장한다는 소리였다.

하지만 차태현의 말에 따라 과연 진실을 확인하고 기사를 내는 기자가 대한민국에 몇 명이나 있을까?

수십 아니 수백 개가 넘는 신문사, 그리고 다시 그 수십 배가 넘는 사람들이 기자라는 명함을 내걸고 활동을 하고 있다.

당연히 서로 간의 경쟁은 치열할 수밖에 없고 기자에 비해서 기레기 소리를 듣는 사람이 많을 수밖에 없었다.

"그래서 한정훈 씨 얘기를 기사로 쓸 때 고민 많이 했습니다. 만약 배의 블랙박스 영상을 제 눈으로 직접 보지 못했다면, 특집 기사를 쓸 생각은 하지 못했을 겁니다. 사람들에게 기레기 취급을 받을 게 뻔했으니까요."

"그 특집 기사가 없었으면, 이렇게 기자님을 만날 일도 생기지 않았겠죠. 좋습니다. 아까 질문에 대한 답변부터 해드리자면, 기자님 기사가 꽤 마음에 들었을 뿐입니다. 물론 특집 기사 이전의 기사들을 말하는 겁니다. 그래서 인터뷰를 한번 해보면 어떨까 생각을 했습니다. 아무래도 저에 대해서 궁금해하시는 분들이 꽤 있는 것 같아서요."

"흠흠, 그러셨군요. 기사가 마음에 드셨다니, 기자로서 기분은 좋습니다. 아무튼, 그럼 이제 슬슬 인터뷰를 시작해보도록 할까요? 녹음은 괜찮으십니까?"

차태현이 테이블 위의 녹음기를 가리키며 물었다.

고개를 끄덕이자 그가 녹음기를 켜고 수첩과 펜을 꺼내 들었다.

"일단 간단한 것부터 묻겠습니다. 현재 한국대학교 법학과 2학년으로 알고 있습니다. 그리고 제주도를 방문한 건 과 M.T 때문이라고 알고 있는데, 사실인가요?"

"맞습니다."

"보통 학과 M.T라고 하면 단체로 움직이는데요. 어쩌다가 배에 타시게 된 겁니까?"

"학과 일정은 모두 저녁에 있었고 오전과 오후는 자유 시간이었습니다. 해서 같은 조인 친구들과 뭘 하며 놀까 고민하다가 배를 탔던 겁니다."

이외에도 차태현은 이미 기사로 나간 간단한 사실 등을 연이어 물어봤다.

그렇게 10분 정도의 시간이 흘렀을까?

스윽-

수첩을 한 장 넘기며 차태현이 자세를 바로 했다.

"같이 탑승했던 배에 이종원 대표와 송태산 체육협회장의 딸들도 함께 탑승하고 있었다고 들었습니다. 이것도 사실인가요?"

"네, 사실입니다. 두 사람 모두 동기들이거든요."

"친하십니까?"

"친하다는 기준이 애매하긴 하지만, 일반적인 기준으로 보자면 그리 친하다고 할 수는 없을 겁니다."

"그럼, 어떻게 함께 배에 타게 됐나요?"

차를 렌트한 것부터 시작해서 이혜인이 배를 타자고 했던 사실을 간략하게 얘기해줬다.

"그렇군요. 그런데 당시 써니호의 박연 선장이 뇌출혈로 쓰러지지 않았습니까? 그 뒤에 배는 누가 운전한 겁니까? 참고로 요트 같은 경우에는 자동차와 마찬가지로 자격증이 없이 운전할 경우 불법인 거 아시죠?"

차태현의 말대로였다.

선박 역시 자동차와 마찬가지로 자격증이 없거나 음주를 할 상태에서 운전할 경우 모두 법에 의해 처벌을 받을 수 있었다.

'역시 이 질문이 나오네.'

인터뷰를 하겠다고 결심했을 때, 이미 예상하고 있던 질문들 중 하나였다.

"불법이라, 저도 한 가지 묻고 싶네요. 그 상황에서 그럼 불법이기 때문에 가만히 있어야 될까요? 충분히 해결할 능력을 가졌음에도 그게 불법이기 때문에?"

문득 궁금해졌다.

KV 백화점 붕괴 사고 현장에서 도깨비 도사로 활동했을 경우 사람들의 반응은 크게 두 가지였다.

전자는 도깨비 도사의 헌신적인 모습에 감동한 사람들. 후자는 전문자격이 없는 도깨비 도사가 현장에서 행동했던 모든 것들이 불법이니, 잡아서 처벌을 받게 해야 한다는 사람들이었다.

'이 기자는 과연 뭐라고 대답할까?'

내가 뚫어지게 쳐다보고 있자 차태현이 볼펜으로 머리를 긁적거리며 말했다.

"에…… 인터뷰 도중에 갑자기 그렇게 제 의견을 물어오시면 곤란합니다만. 뭐, 저라면 당연히 불법이라 해도 할 수 있는 걸 했겠죠. 개똥밭에 굴러도 이승이 좋다고, 일단은 살고 봐야 하지 않겠습니까? 애초에 불법이라고 욕을 먹는 것도 살아 있어야 받을 수 있는 거고요."

"역시 그렇죠?"

"네. 뭐, 그런 거죠. 얘기가 잠시 옆길로 샌 거 같은데. 다시 본론으로 돌아와 질문을 드리겠습니다. 박연 선장이 쓰러지고 그 뒤에 배는 누가 운전하셨습니까?"

"제가 했습니다. 해외에서 취득한 요트 자격증이 있어서 크게 어려울 건 없었습니다."

반은 진실이고 반은 거짓이었다. 써니호를 운전한 건 내가 맞다.

하지만 당시에 내게 요트 자격증 같은 것이 있을 리 만무했다.

정착자였던 마이클 도먼이야 요트 자격증을 가지고 있었지만, 어찌됐든 지금의 내 몸은 한정훈이니까 말이다.

'물론 지금은 자격증이 생겼겠지만.'

이미 백화점 현장에서 자격이 없는 사람이 법에 위배되는 행동을 했을 경우, 설령 그게 선의라고 해도 세상이 어떻게 반응하는지를 확인했다.

현실이 그러해서 어쩔 수 없었다는 말 따위를 세상은 받아들여주지 않는 게 보통이었다.

아니, 좀 더 정확히 말하자면 세상이 듣는 척도 하지

않는다는 것이 맞을 것이다.

이 때문에 1년 전쯤 해외에서 요트 자격증을 딴 것으로 서류를 준비해달라고 안 집사에게 부탁을 해놓은 상황이었다.

요트 자격증 같은 경우 국가에서 엄중히 관리하는 자격증이 아니었기 때문에 크게 무리가 될 것도 없는 일이었다.

차태현이 살짝 놀란 얼굴로 펜으로 수첩에 뭔가를 적어 내려 갔다.

"호오. 젊은 나이에 대단하시네요. 일반적으로 그 나이 때 그런 자격증을 따기는 쉽지 않을 텐데요. 그것도 해외에서요."

"그냥 운이 좋았던 거죠. 스쿠버 자격증 같은 경우도 해외에서 많이 따오지 않습니까?"

차태현이 고개를 끄덕였다. 엄연한 사실이었기 때문이다.

"네, 그럼 다음 질문 드리겠습니다. 사실 대중이 가장 궁금해할 질문이기도 할 텐데요. 대체 어떻게 배를 건너가서 사람들을 구할 생각을 하신 겁니까? 평범한 사람이라면, 쉽게 내릴 수 없는 선택이었을 것 같은데 당시의 심정이 어떠했는지도 말씀해주시면 감사하겠습니다."

"그때에는……."

차태현 기자와의 인터뷰는 대략 1시간 정도 진행됐다.

그사이 간혹 내가 예상하지 못했던 질문이 들어오기도 했다.

예를 들면 기상 악화로 인해 구조대가 끝까지 구조를 할 수 없는 상황이 지속되었다면, 어떻게 대처했을 것인가와 같은 질문이었다.

당시에는 거기까지는 생각을 하지 못했지만, 만약 그런 상황이 왔다면 과연 나는 어떤 선택을 했을까?

'그때에도 내가 가진 모든 것을 포기하고 사람들을 돕기 위해 나섰을까?'

스스로에게 되물었지만, 답은 쉽게 나오지 않았다.

이처럼 당장 떠오르는 대답이 없기 때문에 곤란한 질문에는 그저 웃음으로 넘겨 버렸다.

차태현 기자 역시 이런 부분들에 대해서는 깊게 파고들지 않았다.

"어디 보자. 음, 이제 얼추 끝난 것 같군요."

녹음은 물론 내가 하는 말을 꼼꼼히 수첩에 기록하던 차태현이 펜을 놓으며 가볍게 숨을 내쉬었다.

하지만 그도 잠시였다.

곧 눈을 반짝이고는 의자를 테이블 앞으로 바짝 당기며 말했다.

"자, 그럼 이제 말씀해주시죠. 통화하시면서 그러셨죠?

분명 제가 흥미 있어 할 얘깃거리가 있다고 말입니다."

"기억하시네요?"

"당연한 거 아닙니까? 무슨 얘기일까 잠도 제대로 못 잤는데."

"그 전에 한 가지. 제가 인터뷰한 내용은 언제 기사로 나갑니까?"

"음, 빠르면 화요일 늦어도 수요일쯤에는 기사로 나갈 겁니다. 저희 쪽에서도 기사로 작성해서 퇴고할 시간은 필요하니까요."

지금이 일요일이니 최소 2일에서 3일이 소요된다는 소리였다.

'생각보다 빠르네.'

예상했던 기간인 5일에 비해 절반이 단축되었다. 입가에 슬며시 미소가 지어졌다.

"그럼, 기사가 나가고 그 다음 주에 제가 사법 고시를 보게 되겠군요."

"네? 사법 고시요?"

"그리고 그 다음주에는 5급 공무원 시험을 봐야 하고요."

"……?"

고개를 갸우뚱거리던 차태현이 설마 하는 표정으로 물었다.

“설마 흥미로운 얘기라는 게 한정훈 씨가 공무원 시험을 본다는 게 끝은 아니겠죠?”

“별로 재미없었나요?”

“지금 장난합니까! 아니, 입장 바꿔 놓고 생각해보세요. 기자가 고작 공무원 시험 본다는 얘기에 관심이 생기겠습니까? 1년 동안 대한민국에서 공무원 시험에 응시하는 사람이 몇 명인데. 당장 노량진으로 가서 지나가는 사람 잡고 물어보면 열에 아홉은 공무원 준비를 하고 있다고 대답할 겁니다.”

“합격할 겁니다. 사법 고시랑 공무원 시험 모두 말이에요.”

“…….”

잠시 말이 없던 차태현이 머리를 벅벅 긁으며 입을 열었다.

“뭐, 한정훈 씨가 명문대에 다니고 있다는 걸 알겠습니다. 하지만 공무원 시험이 그렇게 쉽게 합격할 수 있는 거면, 아까도 말했듯 노량진에서 그 수많은 사람들이 왜 코피 쏟으며 그러고 있겠어요? 정말 만약 두 시험 모두 합격하면 기삿거리가 될 수는 있겠지만, 아쉽게도 그런 분야는 저희 애국일보에서 잘 다루는 기사가 아닙니다.”

아무래도 이 사람의 관심을 돌리려면, 조금의 설명은 필요한 것 같다.

"기자님, 지금 제 이미지가 어떻습니까?"

"그야……."

"살신성인의 대학생. 자신의 몸을 아끼지 않고 위기에 빠진 사람을 구한 이 시대의 보기 드문 젊은이 아닌가요?"

"크흠. 본인 입으로 낯부끄러운 말을 참 잘하시네요. 뭐, 얼추 비슷합니다."

"그런 사람이 공무원이 되면 어떨 것 같아요?"

"그거야 물론 좋지 않겠습니까? 일단 신뢰가……."

아무 생각 없이 입을 열려던 차태현이 급히 손으로 자신의 입을 막았다.

그의 눈동자가 좌우로 빠르게 움직이다가 다시 나를 찾았다.

그렇게 얼마의 시간이 흘렀을까?

얼굴에서 웃음기가 쫙 빠진 차태현이 지금까지 보지 못한 진지한 표정을 지었다.

"……대체 무슨 말을 하고 싶은 겁니까?"

지금 상황에서 위와 같은 말을 한다는 건 적어도 차태현이란 사람이 내가 생각했던 것 정도의 그림을 볼 수 있다는 소리였다.

그리고 그 말은 지금부터는 인터뷰라는 가면을 벗어 던지고 본 게임으로 들어갈 시간이 되었다는 뜻이었다.

씨익-

입가에 걸린 미소가 한층 더 짙어졌다.

"나이 33살. 이름 차태현. 개명하기 전의 이름 차일환. 현재 직장은 애국일보. 직급은 사회 · 정치부 부장. 그런데 신문사에 들어가기 전의 경력이 조금 특이하시네요. 대한증권. 대한민국 수재 중에서 상위 1%만 들어간다는 바로 그곳이죠?"

대한증권.

국내 재계 서열 1위인 대한 그룹의 계열사로 낙타가 바늘구멍에 들어가기보다 어렵다는 회사였다.

그러나 일단 들어가기만 하면, 그때부터는 회사원 인생으로서는 꽃길의 시작이라고도 할 수 있었다.

대한민국 최고의 연봉과 복지를 자랑하는 회사가 바로 대한증권이었기 때문이었다.

'지방의 중소기업 초봉이 2,500만 원 정도인 시대에 대한증권의 신입 초봉이 6,500만원이니까.'

무려 2.5배가 넘는 금액.

여기에 기타 성과급을 포함하면, 신입 사원이라 하더라도 한 해 실수령액이 8천만 원은 가뿐이 넘는 곳이었다.

이밖에도 물가 높기로 유명한 여의도에 사택을 제공하며, 해외 연수, 자기 개발, 자녀 교육, 건강검진, 탄력 근무제 등등 최고의 복지와 선진 근무 환경을 제공했다.

나이트를 통해 조사한 내용에 따르면, 차태현은 이런 대한증권에서 5년을 몸담았다.

아마 그 당시 그의 연봉은 1억을 가뿐히 넘겼을 것이다.

하지만 그런 그가 어떠한 이유 때문에 잘 다니던 회사를 그만두고 이름도 생소한 애국일보에 입사했는지는 알 수가 없었다.

'그건 나이트로도 알 수 없었지.'

나이트가 접근할 수 있는 범위는 네트워크 세상.

네트워크를 통해 흔적이 남아 있는 정보가 아니라면, 나이트라도 알아내는 것은 불가능했다.

다만 한 가지 추측할 수 있는 사건은 있었다.

차태현이 대한증권을 그만둔 2011년 당시, 대한민국에는 증권사 비리에 대한 피바람이 불던 시기였다.

수십 개의 증권 관련 투자회사가 문을 닫았고 수를 헤아리기 힘들 정도의 증권맨들이 안방처럼 경찰서를 들락거렸었다.

"……아직 결혼은 안 하셨고, 지금은 마포구에 거주하고 계시네요. 차량은 2006년도 아반떼 HD 맞으시죠?"

빠직-

차태현의 얼굴이 급격하게 일그러졌다.

"하! 어쩐지 갑자기 우리 쪽 전화번호로 먼저 전화를

걸 때부터 이상하다고 생각은 했지만. 한정훈 씨, 당신 어디서 보냈어? 한성일보? 중동일보? 아! 대성일보인가? 아니지. 세한일보도 있지. 이봐, 당신 나한테 접근한 목적이 뭐야? 혹시 그치들이 당신 인터뷰를 넘겨주는 조건으로 구 의원 사건 손 털어달라고 시키던가? 돈도 좀 챙겨주고?"

차태현의 입에서 대한민국의 메이저라 불리는 신문사의 이름이 줄지어 흘러나왔다.

그 어투에 서린 짜증과 분노만 봐도 서로 사이가 좋지 않다는 것을 알 수 있었다.

하지만 집중해야 할 것은 차태현이 마지막에 언급한 이름이었다.

'구 의원? 국회의원을 말하는 것 같기는 한데 누구지?'

말하는 모양새를 보니 뭔가 거대한 것을 물고 있다는 것쯤은 알 수 있었다.

하지만 지금은 그 내용을 물어볼 때는 아니었다.

스윽-

품속에서 명함 한 장을 꺼내 차태현에게 내밀었다.

"아쉽게도 차태현 기자님이 말한 곳들은 저와는 전혀 관계가 없습니다. 하지만 거짓말을 한 게 없다고는 할 수 없겠네요."

"역시 당신……."

"대답은 제 말을 끝까지 들으신 후에 하셔도 충분할 겁니다. 제가 말하는 거짓말은 명함입니다. 사실 저도 기자님에게 드릴 명함이 있었으니까요. 정식으로 다시 소개드리겠습니다. 희망 재단의 한정훈 이사라고 합니다."

"희망 재단?"

많이 들어봤던 이름에 고개를 갸웃거리던 차태현의 눈동자가 커졌다.

"설마 그 희망 재단?"

기자로 활동하는 그가 최근 세간의 주목을 끈 희망 재단을 모를 리 없었다.

깜짝 놀란 차태현이 내가 건넨 명함을 다시 쳐다봤다.

[희망재단 한정훈 이사]

확실히 명함에는 희망 재단 이사라는 직함과 함께 한정훈이라는 이름이 적혀 있었다.

"그 명함을 제 손으로 직접 누군가에게 주는 건 이번이 처음입니다. 제가 희망재단의 이사라는 사실을 외부에 밝히는 것도 물론 처음이고요."

내 말은 사실이었다.

이 명함을 받은 건 안 집사와 레이아가 크라운 호텔로 찾아 왔을 때였다.

레이아는 이사라는 직함이 선명하게 박힌 명함을 내게 내밀며 이렇게 말했다.

[에이션트 원의 결심이 섰으니, 이제 이런 신분쯤은 하나 필요하지 않겠어요? 미국도 그렇지만 대한민국 역시 직위라는 건 무슨 일을 하든 꽤 도움이 되는 법이니까요. 이 명함이 에이션트 원이 말하는 목표를 달성하기 전까지는 꽤 도움이 될 거예요.]

명함을 이리저리 돌리며 확인한 차태현이 황당한 표정으로 내 얼굴을 쳐다봤다.

"……."

당황할 수밖에 없을 것이다.

차태현 또한 기사를 내기 전에 나에 대해서 간단한 조사 정도는 해봤을 것이다.

그리고 당연하지만, 조사 결과 나에 대한 정보는 그저 명문대에 재학 중인 21살의 평범한 학생이라는 정도가 전부였을 것이다.

그런데 느닷없이 국내 최고의 자본금을 보유한 기부 재단의 이사라고 밝히니 놀라는 것은 당연한 수순이었다.

"믿기 힘들면, 직접 희망 재단에 전화를 넣어서 확인해 보셔도 됩니다."

"이게 대체…… 후우. 이걸 안 믿을 수도 없고 그렇다고 무턱대고 믿을 수도 없는 노릇이니."

벅벅-

차태현이 양손으로 머리를 소리가 나도록 긁어댔다.

단정하게 정돈되었던 그의 머리카락이 금세 까치집 마냥 변했다.

"그러니까 지금 상황을 정리하자면, 내 앞에 앉아 있는 사람은 말도 안 되는 모습으로 바다에서 사람을 구한 명문대 재학생이자, 곧 있을 사법 고시와 공무원 시험을 합격할 예정의 천재이고, 또 고작 21살의 나이로 국내 최대 기부 단체인 희망 재단의 이사라는 소리인데. 아! 거기다가 남 뒷조사까지 끝장나게 하는 재주도 있고 말입니다."

"지금까지 제가 밝힌 사실만으로는 기자님이 말씀하신 게 맞습니다."

"하! 그럼 이것 말고 또 뭐가 더 있다는 말입니까? 그냥 말씀하시죠. 이미 크게 놀라서 어지간한 것으로는 더 놀랄 것 같지도 않으니까."

"그건 우리 사이가 좀 더 가까워지면, 말씀드리도록 하겠습니다. 그리고 제가 기자님의 뒷조사를 한 것에 대해서 기분이 나쁘신 거 잘 알고 있습니다. 저라도 그럴 테니까요. 하지만 아직 세상에 공개하지 않은 비밀을 말씀드릴 제 입장에서는 기자님이 어떤 분인지 조금은 알 필요가 있었습니다."

"……."

말없이 날 바라보던 차태현의 어깨가 축 내려갔다.

"미치겠군요. 개소리라고 치부해야 정상인데, 눈앞에 증거가 떡하고 있으니 안 믿을 수도 없고. 나 이것 참. 좋습니다. 그래서 나를 왜 만나자고 한 겁니까? 얘기를 들어보니까 그쪽 나이는 어려도 나 같은 기자 나부랭이를 만날 사람은 아닌 것 같은데."

"마음에 들었으니까요."

흠칫.

순간적으로 놀란 차태현이 황급히 몸을 뒤로 뺐다.

그 모습에서 그가 무엇을 상상했는지 단번에 알아차릴 수 있었다.

"……절대 그런 취향이 아니니까 오해하지 마세요."

"계속 놀라게 하고 있어서 혹시나 했습니다."

"제가 마음에 들었다는 건, 차 기자님이 지금까지 쓴 기사들입니다. 항상 약자를 위하고 또 사회정의를 위한 기사들을 쓰셨더군요. 설령 상대가 정부가 됐든 대기업이 됐든 가리지 않고 말입니다. 그 점이 아주 인상 깊었습니다."

"제 얼굴에 너무 금칠을 해주시네요. 기자가 기사를 가려서 쓰면 그건 기자가 아니라……."

"기레기라는 말이죠?"

차태현이 고개를 끄덕였다.

"그저 있는 사실과 진실을 대중에게 솔직하게 알렸을 뿐입니다. 그게 기자의 본분이니까."

"네, 그래서 인터뷰를 가장해서 차 기자님을 보자고 한 겁니다. 솔직히 말씀드려서 지금의 제게는 그런 기자 분이 필요하거든요."

크라운 호텔에서 안 집사와 레이아가 떠나고 줄곧 생각했다.

이제부터 내게는 믿을 만한 사람, 다양한 분야에서 전문적으로 활동해 줄 사람이 필요하다고.

그중 첫 번째로 필요하다고 생각된 사람이 바로 언론인이었다.

언론인의 사전적 명사는 신문, 방송, 통신, 잡지 따위의 언론 기관에 관계하여 언론으로써 업(業)을 삼는 사람을 뜻한다.

그리고 이들이 가진 공통점은 대중을 움직일 수 있는 힘이 있다는 것이다.

내가 앞으로 세운 목표를 이루기 위해서는 대중에게 신뢰를 받고 믿음을 줄 수 있는 언론인이 필요했다.

'지금의 메이저 신문사나 방송사는 절대 아니지.'

이미 사람들이 알 만한 신문사나 방송사는 정계와 재계의 입김이 깊숙하게 닿아 있었다.

그곳에 어떤 세력과 단체가 영향력을 행사하고 있는지 파악하지 못한 상황에서 그쪽을 향해 손을 뻗는 건 훗날 내 목을 내 손으로 조이는 것과 다름없었다.

그렇다면 어떻게 해야 할까?

방법은 간단했다.

비록 널리 알려지지는 않았지만, 실력 있고 소신 있는 사람을 내 편으로 끌어 들인 뒤 대중의 신뢰와 믿음을 한 몸에 맞는 참된 언론인으로 만드는 것이다.

그 언론인이 쓴 기사는 팥으로 메주를 쓴다고 해도 대중들이 그럴 수도 있지 않느냐라는 생각이 들 정도로 말이다.

'내가 첫 번째로 선택한 사람은 차태현 기자 당신입니다.'

하지만 이런 내 생각을 알지 못하는 차태현 기자는 그저 뚱한 표정으로 나를 쳐다볼 뿐이었다.

"마치 저를 굉장히 잘 아는 것처럼 말을 하시는데. 아! 이미 조사를 하셨으니 그럴 수도 있겠네요. 그런데 그 조사에 그런 내용은 없었습니까? 내가 왜 대한증권을 그만뒀는지? 그거 2011년에 한탕 해먹으려다가 사내 감사팀에 걸려서 잘린 겁니다. 덕분에 지금은 팔자에도 없는 기자 노릇을 하고는 있지요. 저 그렇게 깨끗한 놈이 아닙니다."

"상관없습니다. 오히려 너무 깨끗한 사람은 검은 때가 묻기 쉬운 법이거든요."

"하!"

기가 막힌 듯 한숨을 토해낸 차태현이 지금까지와는 다른 표정을 지었다.

그 얼굴에는 진지함도 장난기도 없었다.

그저 무덤덤할 뿐이었다.

"좋아요. 그럼, 이제 그쪽이 정말로 원하는 걸 들어봅시다. 그 내용에 따라서 인터뷰한 내용은 여기서 파기하고 난 그냥 준비해뒀던 특집 기사나 올리고 손 털라니까."

"기자님이 할 일은 저와 손을 잡고 앞으로 제가 전하는 진실을 세상에 알리는 겁니다. 그러기 위해서는 앞으로 누구보다 대중의 신뢰를 받는 유명한 기자가 되셔야 합니다."

"진실? 신뢰와 유명?"

"제가 원하는 목표를 이뤄나가면서 이 사회가 감추고 있던 더러운 진실들을 기자님에게 전해 드릴 겁니다. 기자님은 그걸 기사로 써주세요. 제가 원하는 건 이것뿐입니다."

"후우, 이거 아닌 밤중에 홍두깨도 아니고. 이보세요, 한정훈 씨. 말은 굉장히 쉽게 하시는데 일단 그 더러운 진실이 뭔지는 둘째 치고 그렇게 했다가는 당장 내 목숨이 열 개라도 부족할 겁니다. 내가 기업 관련 기사 하나 쓸 때마다 협박 전화를 몇 통이나 받는지 아십니까?"

"그래서 쓰지 않으셨습니까? 협박을 받고 겁이 나서?"

"젠장, 기자가 그깟 협박에 겁을 먹고 기사를 안 쓰면……."

"기자가 아니라 기레기겠죠?"

불만 어린 표정을 짓고 있던 차태현이 고개를 끄덕였다.

역시 내 선택은 틀리지 않았다.

이 사람이 그간 썼던 기사를 보고 단번에 알 수 있었다.

이 사람은 결코 타인의 위협이나 협박 때문에 거짓된 기사를 쓸 사람이 아니었다.

만약 그런 상황이 온다면, 스스로 든 펜대를 꺾어 버릴 것이다.

'물론 그런 상황은 내가 만들지 않겠지만 말이야.'

내 사람으로 만들겠다고 마음먹은 이상 그 사람을 지키는 것 또한 앞으로 내가 할 일이었다.

드륵-

휴대폰을 꺼내 시간을 한 번 확인하고 자리에서 일어났다.

"어? 갑자기 왜 일어납니까?"

"이 자리에서 제가 계속 얘기를 해봤자 혼란스럽기만 할 겁니다. 일단은 인터뷰 내용을 기사로 내세요. 그리고 전 다음에 사법 고시 합격 소식을 가지고 다시 찾아오겠습니다. 그때는 아마 지금보다 더 많은 얘기를 할 수 있을 겁니다. 기자님의 생각도 정리되어 있을 테니까요."

"……."

"그럼, 조만간 다시 뵙도록 하죠."

자리를 뜨는 나를 바라보며 차태현은 말을 건네지도 어떤 행동을 취하지도 않았다.

그 역시 지금 내가 하는 말의 의미를 이해한 것이다.

지금 우리 두 사람에게 필요한 건 그저 단순한 말이 아닌 서로가 서로를 신뢰할 수 있는 눈에 보이는 무언가였다.

Chapter 88. 사법 고시(2)

사법 고시 시험 과목은 헌법, 민법, 형법을 객관식으로 치르고 국제법, 노동법, 국제거래법, 조세법, 지적재산권법, 경제법 중에서 한 과목을 선택해서 주관식으로 시험을 보게 된다.

총 두 번의 시험과 한 번의 면접으로 진행이 되는데, 1차 시험은 매 과목 4할 이상.

전 과목 6할 이상 득점자 중에서 제2차 시험의 응시자 수를 고려하여 총득점에 의한 고득점자 순으로 합격자가 결정이 된다.

지난 10년간의 기록을 살펴볼 때, 1차 시험의 안전권이라고 할 수 있는 점수는 83점이었다.

1차 사법 고시 당일.

한국대학교 명인교양관.

오후 4시 50분.

"후아. 드디어 끝났네."

마지막 시험인 민법을 치루고 밖으로 걸어 나오자 구름 한 점 없는 하늘의 따스한 햇살이 날 맞아줬다.

"올해 난이도가 낮았던 건가? 생각보다는 문제가 쉬웠어."

국내 최고 난이도의 시험이라고는 하지만 매해 같은 문제로 시험을 보는 게 아닌 이상, 당연히 해마다 난이도는 달라질 수밖에 없었다.

난이도가 극악이었을 당시에는 합격 평균 점수가 76점이었던 적도 있었고, 난이도가 쉬울 당시에는 무려 86점인 경우도 있었다.

하지만 한 가지만큼은 분명했다. 내가 예상한 가채점 결과는 95점 이상이었다.

아무리 올해 사법 고시의 난이도가 쉬웠다고 해도 이 점수로 1차 시험에서 떨어지는 이변은 생기지 않을 것이다.

"일단 전화부터 해야지."

휴대폰의 전원을 켠 다음에 곧장 단축 번호 1번을 눌렀다.

몇 번의 신호음이 가더니 익숙한 목소리가 휴대폰 너머로 들려왔다.

[이제 끝났니?]

"네, 아버지."

[시험은 잘 봤고?]

"생각보다 잘 봤어요. 미리 기뻐하는 걸 수도 있지만, 1차 시험은 무난히 통과할 것 같습니다."

[…….]

"아버지?"

[장하다! 장하다 우리 아들. 이 아버지는 네가 할 수 있을 거라 믿었단다. 세상에 그 어려운 시험을…… 이 아비가 다른 복은 없어도 자식 복 하나만큼은 타고난 모양이다. 하하!]

살짝 물기가 어린 목소리에 듣고 있는 나 또한 가슴 한편이 찡해졌다.

'그날 룰렛을 발견한 건 정말 행운이었어.'

만약 내게 룰렛이 없었다면, 과연 아버지의 이런 목소리를 언제 들을 수 있었을까?

1년? 2년? 5년?

어쩌면 10년이 지나서도 듣지 못했거나 혹은 영영 들을 수 없었을지도 모른다.

"아버지가 항상 응원해주신 덕분이죠. 많이 말씀드리지

못했지만, 아버지 사랑하고 또 항상 고맙습니다."

[녀석, 이럴 게 아니라 밥이라도 같이 먹어야 할 텐데. 아버지가 지금 올라갈까?]

"아니에요. 힘드신데, 제가 주말에 내려갈게요."

[알았다. 그럼 아버지가 용돈 보내줄 테니까 친구들하고 삼겹살…… 아니지. 좋은 날이니까 소고기라도 사먹으려무나.]

"삼겹살로도 충분해요. 아무튼, 아버지 고맙습니다."

[그래, 아프지 말고 항상 건강하고. 주말에 보자꾸나.]

아버지와 전화를 끝내고 주차장으로 걸음을 옮길 때였다.

"응?"

저 멀리서 익숙한 차림의 여성이 헐레벌떡 달려오고 있었다.

"최혜진?"

여성은 다름 아닌 최혜진이었다.

"하아…… 하아…… 너…… 누구랑…… 통화를…… 하아…… 아무튼…… 시험은…… 하아…… 잘 봤어?"

허리를 숙이고 거친 숨을 연신 토해내는 그녀의 모습에 가볍게 등을 두드려주며 말했다.

"그거 물어보려고 그렇게 뛰어 왔어? 그러다가 숨넘어가겠다. 그냥 톡으로 물어보면 되는 걸."

최혜진이 눈을 흘기며 말했다.

"바, 바보야! 엄청 중요한 시험인데 톡으로 물어봐서 되겠어?"

"하여간 너도 참."

"그보다 시험은 어떻게 됐어? 잘 본 거 같아? 합격할 거 같아?"

"그게……."

갑자기 어두워지는 내 표정에 최혜진의 얼굴에 안타까움이 떠올랐다.

하지만 그도 잠시 이내 최대한 밝은 표정을 지은 그녀가 활짝 웃으며 말했다.

"괜찮아! 다음에 잘 보면 되지. 원래 사법 고시는 막 10년 씩 공부하고 그래도 붙기 어렵다며? 이번이 처음이었으니까 준비 더 잘해서 다음에 보면 될 거야."

"아니, 그게 아니라 시험을 너무 잘 본 것 같아. 역대급 최고 점수가 나올 것 같은데? 이러다가 수석을 하는 건 아닐까 하는 생각이 들어서 말이야."

"지, 진짜? 그럼 1차 시험 합격하는 거야?"

"누군가가 의도적으로 내 답안을 바꾸지 않는 이상은?"

"꺄!"

순간 비명을 내지른 최혜진이 폴짝 뛰어 내게 안겨 들었다.

갑작스레 풍겨오는 풋풋한 살내음과 달콤한 향수 냄새에 순간 얼굴이 시뻘겋게 달아올랐다.

아무리 많은 사람의 기억이 있다고 해도 본래의 내 몸은 이런 쪽에는 약한 편이었다.

"축하해! 정말 축하해! 어쩜, 난 네가 합격할 줄 알았다니까!"

"흠흠. 저기 혜진아, 사람들이 쳐다보는데."

"응? 꺄!"

조금 전과는 다른 의미로 비명을 내지른 최혜진이 급히 내게서 떨어져 뒤로 물러났다.

그녀의 얼굴 역시 홍당무마냥 빨갛게 달아올라 있었다.

"그, 그게 그러니까……."

"근데 너 혹시 소고기 좋아하냐?"

"으응?"

"아버지가 시험 잘 본 기념으로 친구랑 소고기 사먹으라고 용돈을 주셨거든. 이왕 네가 이렇게 축하해주러 와줬으니, 너랑 먹으면 어떨까 하고 말이야."

"좋아해."

"어?"

최혜진이 급히 양손을 휘두르며 뒤로 물러섰다.

"아, 아니 너를 좋아하는 게 아니라. 그렇다고 싫어한다는 건 절대 아니고. 아무튼! 나 소고기 좋아해! 완전 좋아하니까 나 소고기 사줘!"

횡설수설하다가 이내 그녀가 눈을 질끈 감고는 소리를 질렀다.

저벅저벅-

그 모습에 걸음을 옮겨 그녀의 머리에 가볍게 손을 올렸다.

"아!"

몸을 가볍게 떤 최혜진이 슬며시 눈을 떠서 내 얼굴을 쳐다봤다. 그 모습에 미소를 짓고는 앞장서 걸음을 옮겼다.

"가자, 소고기 먹으러. 오늘 배 터지게 한번 먹어보자."

두 달의 시간은 빠르게 지나갔다.

그리고 대망의 월요일인 5월 1일, 사법 고시 1차 합격자가 발표되었다.

"후우."

법과 대학 전산실. 모니터 앞에 앉아 떨리는 마음으로 키보드에 손을 올렸다.

절대 떨어질 리 없다고 생각을 하긴 했지만, 그래도 결과를 직접 눈으로 보기 전까지 긴장이 되는 건 어쩔 수 없었다.

11112385 한무원

11111240 한세정

11143111 한조진

…

…

…

11109991 한정훈

불끈-

"좋았어! 합격이다!"

수험번호와 일치하는 이름이 모니터에 떠오르자 주먹이 절로 쥐어졌다.

더욱이 1차 사법 고시 합격 평균 점수는 78점인 것에 비해 내 점수는 98점이었다.

무려 20점이나 높은 점수로 1차 합격자 중에서는 가장 높은 점수였다.

웅성웅성-

조금 전의 외침 때문이었을까?

전산실의 사람들이 힐끗거리며 속닥거리고 있었다.

"저 사람 합격이라고 하던데, 무슨 시험이라도 붙었나?"

"오늘 사법 고시 1차 발표 날인데. 혹시 사시 붙은 거 아니야?"

"와, 진짜라면 대박. 나이도 어려 보이는데. 대단하네."

"부럽다. 누구는 9급 준비만 2년째인데."

"역시 되는 놈들은 되네. 어휴."

웅성거림이 점점 커질 무렵, 전산실의 문이 열리며 익숙한 얼굴의 사내가 뛰어 들어왔다.

다름 아닌 강대호였다.

"역시 여기 있었네. 정훈아, 1차 합격 축하한다! 고생했다."

"고맙다. 그보다 소식 빠르네. 나도 방금 알았는데. 어떻게 알았어?"

강대호가 웃으며 말했다.

"지금 난리도 아니다. 이번 1차 시험 말도 안 되게 어려웠다며? 졸업 선배들이랑 3 · 4 학년 선배들도 죽 써버렸는데 2학년에서 1차 시험 최고 점수 합격자가 나왔으니 어련하겠냐?"

내가 난이도가 쉽다고 느꼈던 건 단지 사법 고시 시험이 처음이었기 때문이었다.

반대로 재도전을 하는 사람에게 있어서 이번 시험 난이도는 역대급이었던 것이다.

평균 80점을 넘지 못하는 점수가 바로 그 증거였다.

"그냥 하다보니까 되더라."

"와! 너 지금 완전 재수 없던 거 아냐?"

"그랬냐?"

강대호가 피식 웃음을 흘리고는 고개를 끄덕였다.

"어, 친구만 아니면 한 대 치고 싶을 정도로 재수 없었다."

"짜식."

가볍게 웃음을 흘리고는 강대호와 함께 전산실을 빠져나왔다.

"그보다 너 과사에서 연락 안 왔어? 1차라고는 하지만 사법 고시에 합격했으면, 혜택 같은 거 있지 않았나?"

우웅-

그의 말이 끝나기 무섭게 휴대폰으로 문자 한 통이 날아왔다.

[법학과 사무실입니다. 사법 고시 1차 합격을 진심으로 축하드립니다. 장학금 지급과 관련해서 드릴 말씀이 있으니, 과 사무실로 방문 요청 드립니다.]

"누구야?"

강대호의 물음에 휴대폰으로 전송된 문자를 그대로 보여줬다.

강대호가 작게 휘파람 소리를 내질렀다.

"휘우. 양반은 못되네. 그보다 장학금이라. 이제 기억난다.

입학할 때 얘기해줬지? 재학 중 사법 고시 1차 합격자는 학년 장학금, 2차 합격자는 전액 장학금이라고."

"아마 맞을 거야. 사실상 3차는 형식적인 면접이니까. 2차만 합격해도 어지간한 혜택은 다 받을 수 있겠지."

물론 형식적이라고 해서 3차 시험인 면접에서 탈락자가 전혀 없는 것은 아니었다.

하지만 면접에 불참하거나, 사상이 불순 혹은 행동이 삐딱하지 않은 이상 3차 시험에서 떨어지는 사람의 거의 없다고 봐야 했다.

이 때문에 법학과가 존재하는 많은 대학교들이 재학 중 사법 고시에 붙은 학생들에게 다양한 특혜를 제공했다.

공통적으로는 살펴보자면, 수업 면제나 장학금 등이 있었다.

이밖에도 일부 대학교는 사법 고시 합격자가 자신의 학교로 편입을 요청할 경우 필기시험을 제외하고 면접만 보는 등의 혜택을 주기도 했다.

"과사는 지금 바로 갈 거야?"

"굳이 준다는 장학금을 거절할 필요는 없지. 땅 파서 돈이 나오는 건 아니잖아?"

학교 등록금쯤이야 이제 아무런 부담이 되지 않았지만, 그래도 공짜로 준다는 걸 거절할 필요는 없었다.

무엇보다 지금까지 대학교에 입학하고 나서 장학금을 받은 적이 한 번도 없었다.

장학금을 받게 되었다는 사실을 아버지께 전해드리면, 크게 기뻐하실 것이 분명했다.

끼익-

강대호와 대화를 끝내고 과 사무실을 방문했을 때는 조교를 제외하고도 한 사람이 더 있었다.

그는 이번에 새롭게 법학과 학과장이 된 민영철 교수였다.

'이 사람이 그 소문의 그 사람인가? 황철악 교수를 단번에 박살냈다는.'

민영철 교수는 한국대학교 법학과와 대학원을 수석으로 졸업.

사법 고시를 패스하고 국제 변호사로 활동을 하다가 내가 입학할 당시 모교의 교수로 임용되었다.

그리고 올해에는 학과장으로 부임한, 현 법학과의 실세 중에 실세라고 할 수 있었다.

'현 서울 검찰청 고검장 라인도 밀어내는 실력이라. 분명 뭔가 있기는 있는 사람인데.'

민영철이 놀라운 건 타고난 정치력과 수완을 지닌 전임 학과장 황철악을 밀어냈다는 것이다.

실력보다 백이 앞서는 대한민국 사회에서 이러한 상황은

결코 우연으로 일어날 수 없는 일이었다.

그 때문일까? 법학과에 재학 중인 학생들 사이에서는 암암리에 신임 학과장인 민병철 교수가 총장의 사람이라는 소문도 돌고 있었다.

"어? 빨리 왔네? 학과장님, 저 학생이 법학과 2학년인 한정훈 학생입니다."

조교인 이준석의 소개에 민영철이 자리에서 일어나 내 쪽으로 걸어오며 손을 내밀었다.

"자네가 그 학생이로군. 축하하네. 이번 1차 시험에서 1등으로 합격했다고 하지? 시험 난이도가 역대 사법 고시 중 최고였다고 하던데. 정말 대단하네."

"그냥 열심히 했을 뿐입니다."

민영철이 내민 손을 맞잡은 뒤 어색하게 웃었다.

옆에 있던 이준석이 그 모습을 보며 속삭이듯 말했다.

"교수님, 그뿐이 아닙니다. 그 두 달 전에 제주도에서 일어난 사고 아시죠? 그때 활약했던 학생도 바로 이 학생입니다. 용감한 시민상도 받았고요. 제 후배지만, 저도 정말 자랑스럽게 생각합니다."

조교의 설명에 난 쓴웃음을 지었다.

그가 말한 내용이 전부 사실이긴 했었다.

내 얘기가 한동안 학과 내에서도 화제가 되었고, 그 때문에 교수들 역시 뻔질나게 내게 연락을 했었다.

사회적으로 이슈가 되니 숟가락이라도 하나 슬쩍 올려 자신들의 명예를 드높이려는 수작이었다.

하지만 연락을 했던 사람 중에 지금 내 앞에 있는 민영철 교수는 포함되지 않았다.

"호오. 그래? 실력만큼이나 인성도 아주 훌륭하군. 참, 그보다 이제 2차 시험 준비를 해야 할 텐데. 어려운 게 있으면 망설이지 말고 전화해서 물어보게. 교수이기 이전에 모교의 선배로서 내 많이 도와줄 테니까."

"말씀만이라도 감사합니다."

"그럼, 남은 시험에서도 좋은 결과를 보여서 모교의 명예를 빛내주길 바라네. 2차 시험까지 합격하면 그때 밥이라도 한번 먹도록 하지."

어깨를 몇 번 두드린 후 민영철은 곧장 과 사무실을 벗어났다.

사실 학과장이 이 정도까지 챙겨준 것만 해도 극히 이례적인 일로 봐야 했다.

일반인이 보기에는 사법 고시 1차 합격 시험이 대단한 것처럼 보일 것이다.

하지만 실상 그 속을 들여다보면 이게 또 손에 잡히지 않는 신기루, 혹은 로또처럼 엄청난 것은 아니었다.

애초에 사법 고시 1차 시험은 수많은 응시자 가운데 2차 시험을 치를 만한 기본 자격을 지닌 사람들을 골라내는 시험이었다.

따라서 사법 고시 1차 시험은 응시자 대비 합격률이 대략 20%정도였다.

이 정도 인원이다 보니, 당연히 한국대학교에 재학생 중에서도 1차 시험 합격자는 다수가 있었다.

그런데도 학과장이 이런저런 말을 해준 것은 앞서 그가 거론했듯 내가 1차 시험에서 최고 점수를 기록했기 때문이었다.

하지만 이런 관심도 2차 시험에서 떨어지게 되면, 금세 사라질 것이 불 보듯 뻔했다.

'지금은 그저 떡잎을 확인해보려는 거겠지.'

고작 5~10분 정도의 시간을 내서 자신의 사람, 아니 호감이라도 심어줄 수 있다면 수지맞는 장사가 아닐 수 없을 것이다.

"이야 확실히 1등이 대단하긴 하네. 난 저 교수님이 학생한테 저렇게 친절하게 대하는 거 처음 본다."

고개를 돌려 쳐다보니 이준석이 씁쓸한 표정으로 서 있었다.

문득 머릿속에 떠오르는 생각이 있었다.

"선배도 이번 시험 보지 않았어요?"

"후우, 보기야 봤지. 그런데 벌써 4번째 탈락이다. 이번에는 정말 자신 있었는데, 시험이 그렇게까지 어려울 줄 몰랐다. 특히 형법에서는…… 빌어먹을."

형법이라, 확실히 어렵기는 했다. 나 같은 경우에야 높아진 지능으로 아예 모든 조항을 토씨 하나 틀리지 않고 달달 외웠기에 문제가 없었지만, 일반적인 경우는 헷갈리는 문제가 많았을 것이다.

한숨을 푹푹 내쉬던 이준석이 부러운 표정으로 나를 쳐다봤다.

"그나저나 넌 진짜 대단하다. 대체 어떻게 공부를 해야 그만한 점수가 나오는 거야? 너 거의 만점에 가까운 점수던데?"

"뭐, 재수 없게 들릴 수도 있지만 그냥 열심히 한 거죠. 저희 공부야 무식하게 하는 수밖에 답이 없잖아요."

"하긴, 그거야 그렇지."

애초에 사법 고시는 수학 공식처럼 이해를 하고 응용을 하기보다는 단순 암기를 얼마나 잘하느냐에 승패가 달려 있었다.

"그런데 선배, 아까 장학금 문자 받고 왔는데. 따로 서류 작성 같은 건 할 것 없어요?"

"아차! 내 정신 좀 보게. 잠깐만."

이준석이 급히 책상 한쪽에 놓아두었던 서류를 내밀었다.

"내용 읽어보고 아래에 서명하면 될 거야."

내용을 쭉 훑어 봤지만, 특별히 문제가 될 만한 내용은 없었다.

서명을 하고 넘기자 이준석이 서랍에 서류를 챙겨 넣었다.

그리고는 책상 한쪽에 가득 쌓여 있는 피로 회복제 박스에서 박카스 하나를 꺼내 내밀었다.

"짜식, 다시 한 번 축하한다. 2차 시험도 파이팅하고."

평소에 그리 친한 사이도 아니었던 사람이 살갑게 구는 모습이 어색하기는 했지만, 그래도 한편으로는 이해가 갔다.

명문이라고는 하지만 한국대학교 법대 출신에서도 최종적으로 사법 고시에 합격하는 사람은 손에 꼽는다.

그럼 합격을 하지 못한 사람은 실패한 인생일까? 꼭 그렇다고 할 수는 없다.

적어도 학교를 다니면서 자신의 인맥을 철저하게 관리한 사람은 적게는 서너 명, 많게는 십여 명에 가까운 현직 검·판사의 연락처를 가지고 살게 된다.

이러한 것이 별것 아닌 것 같지만, 법치국가인 대한민국에서는 언젠가 이러한 연락처가 힘이 되고 또 자신의 위기를 구원해줄 수 있는 동아줄이 되기도 했다.

"선배도 다음 시험은 꼭 붙으실 겁니다. 그럼, 이만 가볼게요."

"그래, 다음에 보자. 심심하면, 종종 놀러오고."

가볍게 인사를 하고 과 사무실을 벗어나서 주머니에 들어 있던 휴대폰을 꺼내 들었다.

잠깐의 얘기를 하는 사이에도 휴대폰에서는 계속 진동음이 흘러나오고 있었다.

대부분이 1차 시험 합격을 알게 된 같은 과 동기들과 선배들의 문자였다.

물론 그중에는 미처 생각하지 못했던 사람의 문자도 서너 개 있었다.

첫 번째는 다름 아닌 애국일보의 차태현 기자였다.

"오랜만이네. 그보다 웬 주소?"

문자에 적힌 주소를 선택하자 휴대폰 화면에 애국일보의 칼럼 사이트가 떠올랐다.

[국민은 어떤 영웅을 원하는가? 살신성인 학생의 위대한 도전!]

2개월 전 제주도 앞 바다에서는 끔찍한 사고가 발생할 뻔했다.

그러나 한 학생의 현명한 판단과 용기 있는 행동으로 인해 끔찍할 뻔했던 참사는 벌어지지 않았다.

대신 그 사고는 많은 사람들에게 우리 사회에 아직도 용기 있는 사람이 남아 있음을 알 수 있는 계기가 되어 주었다.

그 용기 있는 학생은 바로 한국대학교 법학과에 재학 중인 21살의 한정훈 학생이다.

–중략–

한편, 5월 1일은 사법 고시 1차 합격자 발표가 있는 날이다.

작년보다 높은 난이도로 인해 많은 탈락자가 속출한 가운데, 합격자들의 소감을 취재하려는 도중 익숙한 이름을 보게 되었다.

[수험번호 11109991 한정훈]

확인 결과 동명이인이 아닌, 2개월 제주도 앞 바다에서 사람들을 구해냈던 한정훈 학생 본인임을 확인할 수 있었다.

이 사실을 보면서 본 기자는 놀라움과 함께 작은 희열을 느꼈다. 잠깐이지만, 늘 꿈꾸던 미래의 모습이 상상된 것이다.

본인의 몸을 아끼지 않고 생면부지의 타인을 위해 목숨까지 거는 사람이 검사 혹은 변호사가 되어 우리 사회를 위해 힘써준다면 어떻게 될 것인가?

–중략–

흔히 많은 사람들이 한 사람의 힘으로 세상을 바꾸는 건 불가능하다고들 말한다.

하지만 세상의 많은 변화는 결국 한 사람의 결심과 행동으로 시작되었다.

이를 볼 때 아직 시작에 불과하지만, 한정훈 학생의 용기 있는 도전에 본 기자는 아낌없는 박수를 보내고 싶다.

부디 그의 이번 도전이 단지 도전에 그치지 않고 세상을 따듯하게 밝히는 변화의 시작이 되길 응원한다.

-애국일보 차태현 기자-

Sdwed*** 2개월 전 사건이 뭐냐?

ㄴrfhdf*** 벌써 까먹었냐. 대학생들 M.T 갔다가 풍랑 만나서 저승 갈 뻔했잖아.

ㄴwfdw*** ㅋㅋ 그게 아니라 저기 있는 학생이 미친 활약 보이면서 사람 구해낸 거지. 처음 영상 볼 때 나는 외계인인 줄 알았음.

ㄴsgg*** 나도임 ㅎㅎ 근데 사법 고시 1차 합격이라니 부럽다. 앞선 이력만 해도 대기업은 프리패스일 것 같은데. 백수는 울고 갑니다.

ㄴw4ttg*** 하지만 그도 함xx만큼은 가지지 못했지.

ㄴeff3*** 미친 ㅋㅋㅋ

2334dd*** 근데 고작 사법 고시 1차 가지고 기자가 너무 오바하는 거 아니냐? 존나 빨아주네.

ㄴ sd3eed*** 그만큼 우리 사회에 인물이 없다는 거겠죠.

ㄴ svbvw*** 지금은 좀 잠잠하지만 당시에는 완전 떠들썩했잖아? 솔직히 빨아주는 기사라고는 생각 안 됨.

ㄴ bdbb*** 맞음 ㅋㅋ 저 사람 특수부대 영입해서 김정은 목 따러 보내야 한다는 인간들도 있었음.

ㄴ dgberf*** ㅎㅎ 그래도 함xx만큼은 가지지 못했지.

ㄴ effvb*** 그만해라. 많이 봤다 아이가.

Love*** 근데 기자 마음은 알겠는데 솔직히 저건 희망사항이지. 지금 국회의원이나 재벌 중에서 찾아보면 나라 위해서 헌신한 사람들 꽤 많을걸? 그런데 지금 하는 짓거리 봐라. 나중에 저 학생이 판검사 되고 비리 저지르면, 기사 쓴 기자는 접시 물에 코 박고 싶을 듯. ㅋㅋ

ㄴ 나라 위해 희생했던 국회의원이나 재벌들은 벌써 관에 다 들어갔다. 고인돌 시대 얘기 하고 있냐?

ㄴ ㅎㅎ 님 말도 일리는 있지만 그래도 전 저렇게 자기 몸 아끼지 않고 남 위해 고생했던 사람이 공무원 되는 거 찬성입니다. 그래도 경험이 있으니까 적어도 없는 사람들이 하는 말을 개 소리라고 치부하지는 않을 거 아닙니까?

ㄴ 차태현 기자님 여기서 이러시면 곤란합니다.

차태현 기자가 올린 칼럼에는 시간이 얼마 지나지 않았음에도 수백 개의 댓글이 달려 있었다.

"그래도 주시는 하고 있으셨나 보네."

지난 2개월 동안 한 번의 연락도 없던 사람이 사법 고시 1차 합격자 명단이 발표되자마자 기다렸다는 듯 문자와 함께 기사를 올렸다.

차태현 역시 그날 나와의 만남을 허투루 여기지 않았다는 소리였다.

탁탁-

[기자님, 최종 합격하고 한 번 보도록 하시죠. 그때는 술 한 잔 하는 겁니다.]

입가에 미소를 짓고는 짤막하게 답장을 보냈다.

"어?"

그러는 사이 휴대폰에 또 다시 진동이 울리며, 액정에 이름이 떠올랐다.

"이 선배가 무슨 일이래?"

[오철중]

한국대학교 3학년이자, 최연소 사법 고시 합격자인 오철

중이었다.

1년 전 술자리에서 번호를 교환하기는 했지만, 지금까지 서로 연락을 했던 적은 없었다.

그러니 놀라움이 생기는 건 당연했다.

"흐음, 이걸 받아 말아."

잠시 생각을 하다가 목소리를 가다듬고 휴대폰의 통화 버튼을 눌렀다.

"네, 선배. 한정훈입니다."

같은 시각. 애국일보를 제외한 신문사 소속의 기자들은 난리가 났다.

뒤늦게 애국일보 차태현 기자의 칼럼을 보고 사법 고시 1차 합격자 중에서 최고 점수를 기록한 사람의 정체를 알게 된 것이다.

설마 그가 지난 제주도 앞바다에서 일어난 사고의 주인공이었던 한정훈과 동일 인물이란 사실을 전혀 예상하지 못했던 그들은 그들은 자신들의 머리카락을 쥐어뜯다가 이내 발 빠르게 기사를 작성하기 시작했다.

그리고 그 기사는 지난 2개월 전부터 한정훈을 예의 주시하고 있던 사람들의 귀에 즉각 들어갔다.

"문 팀장, 이 기사 봤어?"

조심스레 커피 원두를 갈고 있던 문장원이 시선을 힐끗 올리고는 인상을 찌푸렸다.

상대가 그가 가장 싫어하는 국정원 국가보안 4팀 팀장 안경철이었다.

"이 사람아! 사람이 말을 걸면 대꾸라도 좀 하지 그래?"

"커피 내리는 중이다. 시비 걸지 말고 그냥 가라."

문장원이 퉁명스럽게 대꾸하고는 다시 원두를 가는 일에 집중했다.

그러자 안경철이 혀를 차며 비아냥거린 어조로 말했다.

"쯧쯧. 팀장이 이러니까 2팀 실적이 그 모양인 거 아니야? 동기라고 좀 챙겨주려고 해도 반응이 이……."

쾅!

"야! 안경철!"

그대로 테이블을 주먹으로 내리친 문장원이 자리에서 일어났다.

"챙겨주긴 네가 뭘 챙겨? 너 그새 잊어버렸냐? 네놈이 그날 위에 눈치 안 보고 지원만 제때 보냈어도 우리 애들 거기서 안 죽었어. 세정이도 진태도 명석이도! 아직도 비만 오면 그 녀석들이 눈앞에 어른거리는 심정을 네가 알아?"

눈을 치켜뜨고 부들거리는 문장원을 바라보는 안경철이 심드렁한 얼굴로 말했다.

"그 얘기 지겹지도 않냐? 5년도 더 된 얘기를 가지고."

"뭐?"

"막말로 그날 상부 명령 무시하고 마음대로 병아리들 이끌고 나간 건 너잖아? 게다가 어찌됐든 작전 성공해서 동기들 중에서 가장 먼저 팀장 단 것도 너고. 그런데 뭐가 그리 불만이야? 너 혹시 그날이냐?"

"이 자식이!"

문장원이 핏줄이 도드라지도록 주먹을 쥘 때였다.

툭-

안경철이 손에 들고 있던 신문을 책상 위에 던졌다.

"싸우자고 온 거 아니니까 힘 풀어라. 그보다 이거 네 쪽에서 맡고 있던 거 맞지? 위에서 지랄하기 전에 먼저 준비하는 게 좋을 거다. 얼핏 봐도 이 정도 수준에서 그칠 것 같은 놈은 아닌 것 같으니까. 푸른 집에서도 예의 주시하라고 했다며? 괜히 엄한 놈한테 빼앗기지 말고 밥그릇 잘 챙겨라."

책상 위에 던져진 신문을 향해 문장원의 시선이 반사적으로 내려갔다.

[바다 영웅의 놀라운 도전! 1차 사법 고시를 최고득점으로 합격하다!]

"이건……."

"그럼, 나간다. 수고해라."

손을 흔든 안경철이 볼일이 끝났다는 듯 걸음을 옮겨 문 밖으로 나갔다.

동시에 신문 기사를 빠르게 훑어 본 문장원의 얼굴이 붉게 달아올랐다.

전신을 부들거리며 몸을 떨던 그가 문 밖을 향해 고함을 내질렀다.

"이 빌어먹을! 당장 모두 튀어와!"

10초나 흘렀을까?

우당탕거리는 소리와 함께 세 명의 사람들이 급히 안으로 뛰어 들어왔다.

그들은 모두 국가보안 2팀 소속의 국정원 요원들이었다.

"민철이랑 소혜는 어디 갔어?"

문장원의 외침에 세 명의 남녀가 쭈뼛거리며 눈치를 보기 시작했다.

그 모습이 문장원의 눈에 곱게 보일 리가 없었다.

쾅!

어린아이 머리만 한 크기의 주먹이 그대로 책상을 강타

했다.

“이것들이 지금 뭐하는 짓거리야!”

“가, 간식 사러 갔습니다.”

“뭐?”

“그게 그러니까…… 사다리 타기 게임에서 져서 두 사람이 간식 사러 갔습니다.”

대답을 한 사람은 세 명의 남녀 중에서 유일한 여성인 최지원이었다.

전직 태권도 선수였던 그녀는 한때 올림픽에서 동메달을 딸 정도로 촉망받는 선수였지만, 화려한 스포트라이트는 과거일 뿐이었다.

지금의 그녀는 올해 입사 3년차로 국정원 국가보안 2팀에서 정보 수집을 담당하고 있었다.

“업무 시간에 간식? 개판이군, 개판이야. 하긴 그러니까 국정원 요원이라는 녀석이 이딴 기사가 나올 때까지 아무것도 몰랐지.”

“네? 기사라니요?”

탁!

문장원이 자신의 책상 위에 올려놓았던 신문을 집어 앞으로 던졌다.

최지원의 옆에 서 있던 도태준과 안칠중의 시선이 자신들의 앞으로 내밀어진 신문으로 향했다.

두 사람은 같은 해에 입사한 5년차 동기로 문장원을 제외하면, 2팀에서 가상 선임들이라고 할 수 있었다.

"……바다 영웅의 놀라운 도전?"

조심스레 신문을 집어서 내용을 살피던 도태준이 몸을 가볍게 떨었다.

"무슨 기사인데…… 헉!"

안칠중이 고개를 힐끗 내밀어 기사 내용을 살피다가 황급히 오른손으로 자신의 입을 가로막았다.

"선배들 왜 그러세요? 신문에 무슨 특별한 기사라도 있어요?"

무거워진 방의 분위기를 느낀 것일까?

최지원의 물음에 도태준이 대답 대신 들고 있던 신문을 내밀었다.

신문을 받아들은 최지원이 빨간 동그라미가 쳐져 있는 부분을 읽기 시작했다.

"이번 사법 고시 1차 합격에서 최고 점수를 기록한 한국대학교 2학년 한정훈 학생은 지난 제주도 앞바다에서…… 잠깐만! 한정훈? 설마 이 기사의 주인공이 저희가 아는 그 한정훈이에요?"

당황해하는 최지원을 향해 문장원이 자리에 앉으며 말했다.

"후우. 내가 분명 단단히 말했을 텐데. 위에서 예의 주시하고 있는 인물이니까 일주일 단위로 동향 파악해서 보고하라고."

"……."

"어이, 최지원이! 내가 말했나? 안 했나?"

"……말씀하셨습니다."

"그래, 말했지. 그런데 내가 왜 그 친구에 대한 얘기를 자네가 아닌 신문으로 봐야 하지? 명색이 국정원 정보 담당 요원이란 사람이 일개 기자보다 못해서야 쓰겠어? 엉?"

자존심이 상하는 말이 이어졌지만, 최지원으로서는 입이 열 개라도 할 말이 없었다.

과정이야 어찌됐든 결과가 우선시 되는 이곳에서 지금의 상황은 분명 그녀의 실수였기 때문이다.

"죄송합니다."

"죄송? 죄송하다고 하면 회사 생활이 끝나나? 자네 요새 일이 힘들어서 그래? 아! 그래, 그걸 내가 미처 몰랐나 보네. 그럼, 이 기회에 좀 쉬는 게 어때? 내가 아주 푹 쉬게 해 줄게. 대신 나한테는 사표 하나만 주고 가. 아주 쉽지?"

"……죄송합니다."

열중쉬어 자세를 취한 최지원이 다시 고개를 푹 숙였다.

그 모습에 도태준과 안칠중이 입술을 달싹거리다 이내 입을 다물었다.

지금 상황에서 괜히 최지원을 편들어 주겠다고 나서봤자 오히려 불난 곳에 기름을 뿌리는 것과 다를 게 없었다.

"정말 내가 화가 나고 답답해서……."

삐리리-

문장원이 막 다시 말을 이어나가려던 찰나였다.

책상 위에 놓인 전화기에서 오래된 벨소리가 흘러나왔다.

"일단 대기."

세 사람을 훑어보면서 눈을 부라린 문장원이 수화기를 들었다.

"네, 2팀 팀장 문장원입니다. 아, 부장님. 네네. 방금 봤습니다. 사전에 알았냐고요? 그게 그러니까……."

문장원의 시선이 최지원에게로 잠시 향했다.

눈빛을 받은 최지원이 움찔거리며, 들었던 고개를 다시 푹 숙였다.

그 모습에 작게 한숨을 내쉰 문장원이 입을 열었다.

"물론 알고 있었습니다. 보고요? 아닙니다. 보고하겠다는 걸 제가 막았습니다. 법대생 아닙니까? 법대생이 사법고시 시험 보는 게 뭐 특별한 일이겠습니까? 물론 1차 시험에서 최고 점수를 받은 건 예상치 못한 일이었지만, 1차 시험에서 높은 점수로 합격을 하고도 2차를 넘지 못하는 사람들이 부기지수…… 네, 죄송합니다. 지금 곧장 올라가도록 하겠습니다.”

탁-

문장원이 들고 있던 수화기를 원 위치에 내려놓았다.

“후우. 정말 답답하네.”

연이어 한숨을 내쉰 문장원의 시선이 자신의 앞에 있는 세 사람에게로 향했다.

움찔.

눈빛만으로 사람을 죽일 수 있다면, 지금 문장원의 얼굴이 그러할 것이다.

“……부장님 방에 다녀올 테니까 대기하고 있어.”

자리에서 일어선 문장원이 막 방을 벗어나려고 할 때였다.

벌컥!

“맵고 달달! 떡볶이 사왔습니다.”

“팀장님 좋아하시는 순대도…….”

문을 열고 들어온 사람은 간식을 사기 위해 잠시 외출했던 2팀 소속의 김민철과 박소혜였다.

“흠흠.”

“크흠.”

두 사람의 등장에 도태준과 안칠중이 헛기침을 내뱉었다.

“…….”

눈을 동그랗게 뜨고 그 모습을 바라보던 김민철은 방안의 공기가 심상치 않음을 느꼈다.

그가 스리슬쩍 팔꿈치로 박소혜의 옆구리를 찔렀다.

한발 늦게 상황을 인지한 박소혜가 어깨를 움츠리며, 들고 있던 검은 봉지를 조심스레 몸 뒤쪽으로 감췄다.

"어휴."

그 모습에 한숨을 푹 내쉰 문장원이 고개를 흔들고는 두 사람을 지나쳐 방안을 빠져나갔다.

쾅!

문이 닫히자 방안 곳곳에서 한숨 소리가 터져 나왔다.

"후우."

"죽는 줄 알았네. 지원아 괜찮아?"

선배들의 물음에 최지원이 애써 미소를 지으며 고개를 끄덕였다.

"괜찮습니다. 제 실수가 맞잖아요."

"그렇긴 한데. 뭐, 그래도 너무 마음에 담아 두지 말고. 우리 팀장 성격 알잖아? 한 번 지난 일 가지고는 뭐라고 안 하는 거. 그러니까 훌훌 털어버려라."

"그래, 방금도 부장이 전화로 지랄하는데 너 감싸주는 거 봐라. 이 호랑이 굴에서 저런 사람 드물다. 다 지 밑에 애들 못 잡아먹어서 안달이지. 감싸주기는 개뿔."

도태준과 안칠중의 얘기에 최지원이 고개를 끄덕였다.

그녀 역시 잘 알고 있었다.

그리고 그렇기 때문에 팀장인 문장원에게 더 죄송스러웠다.

"저기 선배님, 무슨 일 있었습니까?"

"분위기 완전 싸하던데요."

도태준이 책상 위에 놓인 신문을 두 사람에게도 보여줬다.

"음……."

"아!"

내용을 확인한 두 사람의 시선이 최지원에게로 향했다.

같은 팀이라고 해도 각자 맡은 분야는 다르기 마련이었다.

하지만 그렇다고 해도 대체적으로 서로가 어떤 임무를 진행하고 있는지 쯤은 알고 있었다.

그래야 돌발 상황이 발생했을 경우 서로가 서로를 지원할 수 있었기 때문이었다.

짝!

"다들 분위기가 왜 이래? 어차피 벌어진 일인데. 자! 털어버리고 나가서 간식이나 먹자."

"그, 그럴까요?"

"금강산도 식후경. 먹고 죽은 귀신이 때깔도 좋다. 그런 거 아니겠냐? 자 얼른 나가서……."

도태준이 무거운 분위기를 전환하고자 박수를 치며 앞장서 걸음을 옮길 때였다.

벌컥!

닫혔던 문이 열리며 조금 전 나갔던 문장원이 얼굴을 들이 밀었다.

"금방 올 테니까 순대는 남겨 놔라."

한마디를 툭 던지고서 그는 다시 문을 닫고 사라졌다.

그 모습에 남아 있는 사람들이 멍한 표정을 짓고 있다가 이내 하나둘 웃음을 터트렸다.

그리고 그중에는 최지원 역시 포함되어 있었다.

사법 고시 1차 합격자 명단이 발표되고 1주일 정도 시간이 흘렀을 때 쯤.

기다리던 5급 공무원 1차 시험 합격자 명단이 발표되었다.

[수험번호 51002501 한정훈]

[1차 필기시험 결과: 합격]

인터넷으로 결과를 확인하고 나니, 입가에 절로 미소가 지었다.

"88점이라, 점수는 나쁘지 않네."

이번 5급 공무원 일반 행정 시험의 평균 합격 점수는 76점이었다.

즉, 평균 합격점보다 11점이 높았으니 사법 고시와 마찬가지로 최고점일 확률이 높았다.

하지만 사법 고시에 합격했을 때와는 달리 문자와 전화가 없는 휴대폰은 조용하기만 했다.

애초에 내가 5급 공무원 시험을 보겠다는 사실을 알고 있는 사람은 극소수에 불과했다.

시험에 최종 합격한다고 해도 일반 행정직 공무원으로는 일할 생각이 없기 때문에 시험을 본다는 사실 자체를 주변에 알리지 않았기 때문이었다.

"지금 내게 필요한 것은 어린 나이를 메울 수 있는 이력이니까."

나이가 어린 애가 뭘 알아?

이런 말을 단번에 무시할 수 있는 이력.

대한민국 사회에서 그런 이력은 몇 가지 없다.

압도적인 재력 혹은 천재라는 수식어와 함께 수놓는 미래가 창창한 청년이라는 꼬리표다.

"흠, 그럼 이제 슬슬 다음 단계로 넘어가야겠네."

휴대폰을 꺼내 들고 안 집사님 번호로 통화 버튼을 눌렀다.

"네, 안 집사님. 전에 말씀드렸던 영화 촬영 참관 있지 않습니까? 이제 슬슬 시작해야겠습니다."

Chapter 89. 한밤의 경복궁

이산으로서의 마지막 날.

난 문득 그런 생각이 들었다.

과연 이곳에서 난 무엇을 남기고 또 어떤 것을 얻을 수 있을까?

이제 여행은 단순히 기억과 경험만 얻어서 가는 곳이 아니었다.

실질적으로 내 손에 쥘 수 있는 것을 찾고 쟁취해야 했다.

그리고 그런 내 시야에 들어온 것은 왕의 방을 꾸미고 있는 다수의 장식품이었다.

현대로 가져가면 능히 보물급으로 취급받을 물건들.

하지만 시간이 지나며, 이런 조선의 보물급 물건들은 수많은 전란을 겪으면서 소실되거나 분실되었다.

만약 이런 물건들을 현대로 가지고 갈 수 있으면 어떨까?

당연히 한국뿐만 아니라 전 세계에서 엄청난 관심과 집중을 받을 것은 당연한 일이었다.

사용하기에 따라서는 문화재 또한 충분히 상대의 목을 칠 수 있는 무기가 될 수 있기 때문이다.

물론 쉽지 않은 문제였다.

아무리 물건을 꽁꽁 숨겨 놓는다고 해서 수백 년을 무사히 버티는 것은 결코 쉬운 일이 아니었다.

숨겨 놓은 장소에 전란 도중 폭탄이 떨어질 수도 있고, 재개발이란 이름 아래에 지역 자체가 사라져 버릴 수도 있다.

깊은 산속 역시 마찬가지다.

때 아닌 태풍이나 홍수로 인해 산의 지형 자체가 바뀌는 일도 흔하게 벌어졌다.

하지만 이건 과거의 기억만 가지고 있는 사람이 걱정할 문제였다.

미래를 살아본 내게는 수백 년이 흘렀음에도 무엇이 변함없는지를 아는 지식이 있었다.

딸칵-

옷장의 문을 여니 가지런히 정렬되어 있는 정장과 셔츠들이 보였다.

브리오니, 톰포트, 에르메스, 키톤, 아톨리니 등등.

하나하나가 수백 및 수천을 호가하는 명품들이었다.

그 옷을 걸치고 이번에는 서로 자신을 선택해 달라고 빛을 뿜어내는 시계들 앞으로 갔다.

파텍필립, 바쉐론콘스탄틴, 브레게, 롤렉스, 오메가, 까르티에 등등 유리벽 너머로 진열되어 있는 시계들은 그 가격만 해도 어지간한 중형차 가격을 뛰어 넘었다.

"좋아, 너로 정했다."

푸른빛을 뿜어내는 파텍필립 시계를 손목에 채우고 미리 준비해뒀던 구두를 신고 전신 거울의 앞으로 걸어갔다.

"나쁘지 않네."

몸매가 좋아지면서 옷걸이가 좋아졌기 때문일까?

전신 거울에는 제법 멀끔한 훈남이 서 있었다.

우웅-

휴대폰의 진동음과 함께 액정에 이름이 떠올랐다.

[민 박사]

거울에 비친 모습을 다시 한 번 점검하고는 통화 버튼을 누르고 드레스 룸을 나섰다.

"여보세요? 아, 지금 도착하셨다고요? 바로 내려가겠습니다."

차키를 챙겨 1층의 주차장으로 내려가자 생전 처음 보는 여성이 기다리고 있었다.

대략 나이는 20대 후반에 키는 170cm 정도.

머리는 귀까지 내려온 단발에 흔히 볼 수 있는 검은 계열의 오피스 룩을 입고 있었다.

그러나 오히려 그런 흔한 옷차림이 여성의 외모를 한껏 돋보이게 만들어주고 있었다.

그녀는 어지간한 아이돌 혹은 여배우 옆에 있어도 자신만의 빛을 뿜어낼 만큼 아름다운 외모를 가지고 있었다.

'그래도 내 취향은 아니네.'

남성이 꼭 여성을 아름답다는 이유만으로 호감을 갖는 건 아니었다.

방긋.

입가에 활짝 미소를 지은 그녀가 고개를 살짝 숙이며 입을 열었다.

"안 회장님께 말씀 많이 들었습니다. 이렇게 직접 뵙는 건 처음이죠? 전화 드린 민 박사라고 합니다."

"반갑습니다. 한정훈입니다. 그런데 그 이름은 예명이신가요? 아니면 그냥 박사 학위를 가지고 계셔서 그런 건지?"

민 박사가 눈을 동그랗게 뜨고는 풋 하고 웃음을 흘렸다.

"네? 후훗. 아니요. 성이 민 이름이 박사랍니다."

"……."

순간 나도 모르게 당황한 표정을 지어버렸다.

아무리 그래도 그렇지 어떻게 자식의 이름을 박사라고 짓는단 말인가?

"물론 실제로도 박사 학위를 가지고 있으니까 이름만 박사는 아니죠."

다시금 방긋 웃는 민 박사의 모습에서 며칠 전 안 집사와 나눴던 대화가 떠올랐다.

[그러니까 이번 일에 그 민 박사라는 분이 적격이라는 말이죠?]

[네, 에이션트 원. 그 친구 이쪽 분야로는 아주 능력이 있는 사람입니다. 아마 본래 가진 재능을 제대로 발휘하면, 제법 건실한 기업 하나쯤은 충분히 만들고도 남겠지만. 본인이 어딘가에 소속되고 지속적으로 관리하는 것을 싫어해서 현재는 해결사 같은 신분으로 각국을 떠돌며 지내고 있습니다.]

[해결사요?]

[아무리 어려운 일도 그녀가 일단 수락을 하면 해결하지 못한 적이 없어서 그렇게 불리고 있습니다. 다만, 몸값이 굉장히 비싸기에 함부로 일을 맡기기에는 애매한 인물입니다.]

[안 집사님이 그렇게 말씀하실 정도라면, 몸값이 엄청 비싼가본데요?]

[일을 진행함에 있어 하루 기준 30만 달러. 상황에 따라서 추가 수당이 발생할 수도 있습니다.]

[3, 30만 달러요?]

즉, 다시 말해서 지금 내 앞에서 방긋 미소를 짓고 있는 사람의 하루 일당이 한화 기준 약 3억 원이라는 소리였다.

시급으로 따지면, 1,200만 원이 넘는 엄청난 고액 노동자라 할 수 있었다.

아무리 여행을 통해 많은 돈을 벌고 어지간한 액수에 대해서는 무감각해진 나로서도 놀랄 수밖에 없는 금액이었다.

"안 회장님께 대략적인 얘기는 듣고 준비를 끝냈습니다. 자세한 얘기는 목적지로 이동하면서 들려드리도록 하겠습니다. 괜찮으시죠?"

"그렇게 하죠."

자연스럽게 주차되어 있는 차량의 보조석으로 걸음을 옮기는 민 박사를 보며 고개를 끄덕였다.

같은 시각.

서울 경복궁.

늦은 밤이었지만, 서울시와 문화재청의 협조를 얻은 영화 조선의 검 촬영 팀은 각종 조명기기를 배치해서 현장을 대낮처럼 밝혀 놨다.

충무로의 마이더스의 손이라 불리는 여진후 감독이 직접 극본과 연출을 담당한 이번 작품은 촬영이 시작되기 전부터 세간에 엄청난 화제를 몰고 다녔다.

첫째는 제작비. 국내 영화로는 드물게 무려 300억이나 되는 엄청난 액수가 투입된 초대형 블록버스터였다.

둘째는 이번 영화가 지금의 여진후 감독을 있게 만든 액션 영화라는 점이었다.

셋째는 영화의 출연진이다. 대한민국 국민이라면, 누구나 알 법한 영화배우들이 대거 출현하는 것은 기본.

어디서나 주인공을 도맡아 오던 배우들이 대본과 감독을 확인하고는 주연이 아닌 조연으로 영화에 참여했다.

일단 스크린에 오르기만 하면, 대한민국의 영화판을 흔들 초대형 히트작임을 느낀 것이다.

마지막 이슈는 지금까지도 계속 사람들의 입에 오르내리는 영화의 주인공에 대한 것이었다.

영화의 주인공 중 하나인 정조의 역할은 국민 배우라고 알려진 최수원이 맡았다.

이에 대해서 대중은 겸허히 받아들이고 만족했다.

남자 영화배우 중에서 연기력이나 자기 관리에 대해서 흠잡을 게 없는 몇몇 사람들 중 한 명이 바로 배우 최수원이었기 때문이었다.

하지만 여주인공으로 낙점된 김희연은 아니었다.

올해로 25살인 그녀는 이번 역할을 맡기 전까지 그야말로 무명에 가까운 배우였다.

물론 이번 여자 주인공 배역은 오디션을 통해 결정이 되었다.

제작사 또한 혹 있을 분란을 방지하기 위해 오디션에 참여한 배우들의 현장 영상을 홈페이지 공개, 공정하고 투명하게 해당 오디션을 진행했음을 거듭 강조했다.

그러나 사촌이 땅을 사면 배가 아프다는 말이 괜히 생겼겠는가?

김희연의 오디션 영상이 공개되고 많은 이들이 호평을 했음에도 불구하고 아직까지 대다수의 사람들이 의심스러운 시선을 보내고 있었다.

김희연이 영화의 투자자 혹은 여진후 감독과 특별한 관계가 있는 것은 아닌가하고 말이다.

"컷! OK"

제법 마음에 드는 장면을 건진 여진후 감독이 가볍게 손뼉을 치며 컷 사인을 보냈다.

그러자 옆에서 대기 중이던 조감독 이정훈이 재빨리 손을 들어 올리며 큰 목소리로 외쳤다.

"모두 고생하셨습니다! 다음 촬영까지 30분 쉬고 가겠습니다."

30분을 쉬고 가겠다는 소리에 곳곳에서 한숨이 흘러 나왔다.

세간의 관심이 아예 없는 것보다 있는 것이 좋기는 하지만, 그렇다고 해서 꼭 긍정적인 효과만 있다고 볼 수는 없었다.

영화가 주는 중압감 때문에 감독과 스태프는 물론 촬영에 임하는 배우들까지 상당한 부담감이 되기 때문이었다.

만약 자신의 실수로 촬영이 지체되거나 혹은 중요한 장면이 기대치에 못 미치게 될 경우 결국 그 대가는 부메랑이 되어 돌아오기 마련이었다.

[너 그 영화 봤어? 전체적으로 재미는 있는데. 그 배우 연기 너무 못하더라. 진짜 그 배우 나올 때마다 몰입감이 깨지더라니까.]

[나도 그 생각 했어! 진짜 그런 발 연기로 어떻게 캐스팅된 거야? 그 배우만 아니었어도 관객 수가 최소 백 만 아니 이백 만은 더 나왔을 걸?]

대중의 평가는 무섭고 잔인하며, 신랄하기 짝이 없다.

아무리 성공해서 잘된 영화라고 해도 흠잡을 곳과 배우들의 실수는 있기 마련이었다.

그리고 대중은 그 흠을 감싸 주기보다는 오히려 더 잘될 수 있는 작품이 그 사람으로 인해 망했다는 평가를 내려 버린다.

감독, 스태프, 배우에게 있어서 그만큼 뼈아프고 가슴이 미어지는 일도 없었다.

그 덕분에 조선의 검 촬영장은 겉으로 보기에는 화기애애하고 훈훈해 보이면서도, 배우들 사이에는 보이지 않는 날카로운 기류가 흐르고 있었다.

"희연아, 물 좀 줄까?"

30분 휴식이라는 소리와 함께 자신의 자리로 돌아와 멍한 표정을 짓고 있던 김희연이 재빨리 자세를 바로 했다.

목소리가 들려온 곳에는 그녀의 매니저인 신세희가 서 있었다.

신세희의 얼굴을 확인한 김희연이 긴장이 풀린 표정으로 고개를 끄덕였다.

"언니였구나. 고마워요."

"고맙기는. 매니저가 자기 배우를 안 챙기면 누구를 챙기겠어?"

신세희가 가볍게 웃음을 흘리고는 미리 준비해 놓은 생수를 건넸다.

생수를 건네받은 김희연이 뚜껑을 열기 위해 오른손에 힘을 주었다.

"으음……."

하지만 아무리 힘을 줘도 생수병의 뚜껑은 꼼작도 하지 않았다.

그 모습에 신세희가 고개를 갸웃거리며, 손을 앞으로 내밀어 김희연의 생수병을 받아 들었다.

"이리 줘봐. 그렇게 꽉 잠겨…… 어라?"

딸칵-

신세희가 힘을 주기 무섭게 생수병의 뚜껑은 아무런 저항도 하지 못하고 내용물을 공개해버렸다.

두 사람이 당황하는 것도 잠시.

먼저 정신을 차린 것은 매니저인 신세희였다.

"너 잠깐 손 좀 내밀어봐."

"어, 언니……."

"어서!"

망설이던 김희연이 조심스레 오른손을 내밀었다.

그녀의 내밀어진 오른손을 확인한 신세희 얼굴이 단번에 굳어졌다.

덜덜-

마치 금단 증상을 보이는 환자처럼 김희연의 오른손이 부르르 떨리고 있었다.

뿐만 아니라 얼핏 보기에도 손 전체가 꽤 부어 있는 상태였다.

"이 바보가! 잠깐만 기다려."

재빨리 아이스박스에서 얼음 팩을 꺼낸 신세희가 김희연의 오른손에 팩을 가져다 대었다.

"……언제부터 이랬던 거야? 어제까지는 괜찮았잖아."

"그게 아까 오후에요. 합을 맞추다가 살짝 삐끗한 것 같아요."

"후우."

신세희의 입에서 깊은 한숨이 흘러 나왔다.

무명인 김희연이 이번 영화의 주인공에 뽑힐 수 있었던 건 단지 뛰어난 연기력과 외모 때문만은 아니었다.

연기력과 외모만 따지면, 당시 현장에는 김희연을 압도하고 남을 기라성 같은 배우들이 족히 수십은 있었다.

그런데도 여진후 감독이 김희연을 선택한 건 비록 그녀가 무명에 가까운 배우이긴 했지만, 지금까지 단역으로 출현했던 영화의 액션 장면에서 단 한 번도 대역을 사용하지 않았기 때문이었다.

국내 액션 영화의 거장이라고 불릴 만큼 여진후 감독의 영화에는 유난히 액션 장면이 많았다.

일반 영화 촬영 같은 경우 이런 장면에서는 배우와 비슷한 체격 및 외모를 지닌 스턴트맨을 기용하기 마련이었다.

하지만 여진후 감독은 배우를 대신해서 스턴트맨을 기용하는 것에 대해서 대단히 회의적인 가치관을 가진 감독 중 하나였다.

애초에 액션 장면 또한 연기의 하나인데, 그것을 배우가 아닌 다른 사람이 해서야 그림이 살지 않는다는 지론이었다.

그리고 이런 그의 고집과 지론이 있었기 때문에 김희연이 이번 영화의 주인공에 발탁될 수 있던 것이다.

사실 다른 여배우들 또한 주인공 후보에 있기는 했다.

하지만 그녀들과 소속사 쪽에서는 아무리 여진후 감독의 영화라고 해도 위험하기 짝이 없는 장면들을 대역도 없이 촬영한다는 것이 꺼림칙할 수밖에 없던 것이다.

만약 그렇게 촬영을 했다가 혹시라도 얼굴에 상처라도 생기면 어떻게 될까? 영화는 영화대로 촬영을 할 수 없을 것이고 여배우로서의 삶도 끝날 수가 있었다.

그러나 고등학교 1학년에 데뷔, 8년 가까이 무명의 배우로 살아온 김희연에게는 아니었다.

그녀는 여배우로서의 삶이 끝장날 수 있는 상처가 생긴다고 하더라도 이번 기회를 절대 놓치고 싶지 않았다.

"어때? 조금 괜찮은 것 같아?"

오른손의 상태를 확인하면서 신세희가 상태를 재차 물었다.

김희연이 오른손을 움직여봤지만, 떨림과 부기는 변함이 없었다.

"안 되겠다. 다음 촬영도 액션인데 이러다가 손 망가지겠어. 일단은 내가 가서 감독님한테……."

"언니, 안 돼요!"

자리에서 일어나려는 신세희를 김희연이 급히 잡았다.

그 바람에 손에 대고 있던 아이스 팩이 줄지어 떨어졌다.

"감독님한테 절대 말하시면 안 돼요. 아직 촬영 초반부인데, 혹시라도 다른 배우로 바꾸겠다고 하시면 어떡해요? 제가 어떻게 잡은 기회인데……."

"희연아!"

"저 버틸 수 있어요. 아니, 버틸 거예요. 그러니까 제발 다른 사람한테는 말하지 말아주세요. 언니, 부탁이에요."

"……."

매니저로 배우의 건강을 챙기는 건 당연한 의무였다.

하지만 김희연의 절실함을 아는 신세희는 이 자리에서 그 당연한 의무를 행할 수가 없었다.

"……알았어. 하지만 상태가 더 나빠지면 어쩔 수 없어. 이건 네 손도 문제지만, 영화를 찍고 있는 다른 사람들한테도 폐를 끼치는 거니까."

"명심할게요."

"후우, 그래. 그럼 난 일단 의료팀한테 가서 진통제가 있는지 물어볼게. 얼마나 효과가 있는지는 모르겠지만, 그래도 먹지 않는 것보다는 괜찮을 거야."

"언니, 고마워요."

신세희가 피식 웃으며 땅에 떨어진 아이스 팩을 주워 겉에 묻은 먼지를 털어냈다.

"고맙기는. 자, 일단 이것부터 잘 대고 있어."

김희연의 손에 아이스 팩을 쥐어준 신세희가 곧장 배우 대기실을 빠져 나갔다.

의료팀을 찾아 진통제를 받기 위해서였다. 하지만 대기실을 나선 순간 신세희는 곧장 걸음을 멈출 수밖에 없었다.

전혀 생각하지 못한 인물이 김희연의 대기실 앞에 서 있었기 때문이었다.

“최, 최수원 배우?”

“하이! 그보다 우리의 여배우께서 상황이 조금 곤란한가봐?”

능글맞은 미소를 짓고 서 있는 사람은 이번 영화의 남자 주인공인 최수원이었다.

올해 36세.

훤칠한 키와 조각 같은 외모를 지닌 최수원은 아역 배우로 시작해서 올해만 데뷔 30년차였다.

지금까지 수많은 작품을 찍고 천만 영화의 주인공만 무려 6번을 한 그는 명실상부한 대한민국 최고의 배우였다.

더욱이 30년 동안 그는 단 한 번의 사건 사고도 일으키지 않고 묵묵히 배우의 길을 걸어 왔다.

남자 연예인들의 발목을 잡는 군대마저도 해병대 특수수색대로 자원을 해서 다녀올 정도였다.

이 때문에 일반 대중이 생각하는 최수원의 이미지는 청렴결백 그 자체였다.

하지만 알 만한 방송 관계자들을 알고 있다. 그가 대중이 생각하는 것만큼 그리 깔끔하고 깨끗한 인물이 아니라는 사실을 말이다.

그럼에도 인정할 수밖에 없는 건 최수원의 연기 실력이었다.

하늘이 내린 재능이라고 할 만큼 그는 연기에서 만큼은 그 누구도 넘볼 수 없는 재능을 가지고 있었다.

"배, 배우님이 여긴 어쩐 일이세요?"

"어쩐 일이긴요. 우리 후배한테 휴식 시간이 조금 길어질 것 같으니, 화장도 좀 다시 고치라고 말하려고 왔죠."

여전히 능글맞은 어투였지만, 그보다 중요한 것은 그 말 속에 담긴 뜻이었다.

"그게 무슨 소리에요? 휴식 시간이 길어지다니?"

"듣자하니 우리 영화의 제법 큰 투자자가 격려차 촬영장을 방문한다더군요. 그래서 감독님이 잠시 쉬었다 가자던데요? 물론 주연 배우들은 그 투자자한테 인사할 준비 좀 해달라는 말도 있었죠."

분명 존댓말이지만, 듣고 있는 신세희의 입장에서는 마치 놀림을 받는 기분이었다.

하지만 그렇다고 해서 그런 감정을 노출할 만큼 그녀는 바보가 아니었다.

"그, 그렇군요. 감사합니다."

"그게 끝?"

"네?"

"이것 참. 말귀가 이렇게 어두워서야. 거기 매니저로 일한 지 몇 년이나 됐어?"

입술이 비틀리는 것 같더니, 순간 거짓말처럼 최수원의 입에서 존댓말이 사라졌다.

눈동자가 흔들리는 신세희를 향해 최수원이 말을 이었다.

"내가 말하는 준비가 그냥 준비인 거 같아? 고작 화장 좀 고치고 옷 좀 잘 입으라고 나 정도 되는 사람이 이렇게 직접 찾아오겠어?"

"……!"

동공이 흔들리는 신세희를 보며 최수원이 피식 웃었다.

"이제 감이 좀 잡히시나?"

"……희연이는 배우에요!"

신세희의 외침은 많은 말이 함축적으로 담겨 있었다.

하지만 그런 외침이 통하기에는 앞에 있는 상대가 나빠도 너무 나빴다.

"누가 몰라? 나 최수원이야. 30년 동안 배우로 살아온."

"……."

"매니저 양반. 배우가 연기만 잘한다고 이 바닥에서 살아남을 수 있을 것 같아? 물론 나 같은 천재라면 가능하겠지. 하지만 그쪽이 담당하는 배우는 아닐걸? 이제는 배우도 연기뿐만 아니라 비즈니스를 해야 하는 시대라고. 알아들어?"

"이, 이런 식의 강요는 부당합니다. 지금 당장 감독님을 찾아가서 항의하겠어요."

얼굴이 굳어진 신세희를 향해 최수원이 웃음을 터트렸다.

"푸하하! 김희연이 왜 이렇게 무명인가 했더니, 이거 매니저가 완전 빡 대가리잖아?"

"뭐, 뭐라고요!"

"여 감독이라고 모를 것 같아? 그 호랑이 같은 인간이 괜히 휴식 시간 늘리고 주연 배우들 보고 인사할 준비하라고 했겠냐고?"

"하지만……."

"30억도 아니고 300억이 들어가는 영화야. 게다가 지금 오는 투자자는 꽤 큰손이고. 당장 그 사람이 마음에 안 들어서 투자금 빼겠다고 하면 영화가 접힐 수도 있는 판에 감독이라고 별 수 있나? 자기 돈으로 채워 넣을 거 아니면 뭐 같아도 별 수 없는 거지."

최수원의 말을 들을 신세희는 믿을 수 없다는 표정을 지었다.

여진후 감독은 충무로를 대표, 나아가 대한민국에서 손꼽히는 감독이었다.

그런 감독이라면 투자자의 외압으로부터 자유로울 것이라고 생각했었다.

하지만 현실은 무명의 감독이든 천만 관객의 감독이든 돈 앞에 지배당하는 현실은 다를 게 없었다.

주머니에서 담배를 꺼내 자연스럽게 입에 문 최수원이 지퍼라이터로 불을 붙였다.

딸칵-

희뿌연 연기가 신세희 앞으로 퍼져나갔지만, 그녀는 화를 낼 수도 피할 수도 없었다.

"휘우~ 조연출이나 보내자는 걸 그래도 같은 배우로서 모양 빠질까봐 내가 온 걸 다행으로 여겨. 반응을 보니까 조연출이 왔으면, 그대로 감독한테 달려가서 난리쳤을 꼴이네."

움찔.

신세희가 몸을 떨었다.

확실히 조연출과 같은 스태프가 왔다면, 매니저인 그녀는 단숨에 여진후 감독을 찾아가 이 상황에 대해서 따졌을 것이다.

하지만 상대가 최수원이었기 때문에 한 번 참을 걸 열 번 참을 수밖에 없었다.

눈앞에 있는 남자가 마음만 먹으면 김희연 같은 무명 배우를 업계에서 매장시키는 건 일도 아니었기 때문이었다.

"그렇다고 미리 긴장할 필요는 없어. 투자자라고 해서 다 발정난 개새끼들만 있는 건 아니니까. 그냥 말 그대로 촬영이 잘 되고 있나 궁금해서 오는 놈들도 있고 또 배우들 얼굴이나 한 번 보겠다고 오는 사람도 있지. 밥차라도 끌고 와서 기운 내라고 하는 사람들도 있고. 아직은 모르는 거야.”

“…….”

“그래도 마음의 준비는 하고 있어야 괜히 실수 같은 거 안 할 것 같아서 내가 온 거지. 괜히 밉보여서 투자자가 투자금을 빼겠다는 소리라도 나오면, 영화가 흔들리는 건 물론이고 그때부터 김희연이 연기 못한다. 아직 하이에나들처럼 이 영화 들어오고 싶어 하는 애들 넘쳐나는 거 알고 있지?”

끼익-

바로 그 순간.

대기실의 문이 열리며 김희연이 걸어 나왔다.

“희, 희연아.”

신세희가 놀란 표정으로 김희연을 쳐다봤다.

그러나 오히려 김희연은 무덤덤한 얼굴이었다.

“선배님, 안녕하세요?”

“그래, 안녕?”

최수원이 오른손을 들어 가볍게 흔들었다.

“준비는 언제까지 하면 될까요?”

“희연아!”

신세희는 소리를 쳤지만, 최수원의 입가에는 반대로 미소가 지어졌다.

"안에서 다 들었어? 입 아프게 두 번 설명 안 해도 돼서 다행이다. 한 시간쯤 뒤에 도착할 예정이니까 그보다 10분이나 15분 정도 늦게 나오면 될 거야. 보란 듯이 주연 배우가 기다리고 있으면 그것도 모양 빠지니까."

"알겠습니다."

고개를 꾸벅 숙이는 김희연의 모습에 최수원이 물고 있던 담배를 끄고는 걸음을 옮겼다.

"그럼, 난 할 말 다했으니까 이만 간다."

"선배님!"

최수원이 몇 걸음이나 옮겼을까?

뒤에 있던 김희연이 그를 불렀다.

고개를 힐끗 돌린 최수원이 그녀를 쳐다봤다.

"왜?"

"……선배님도 지금 같은 경우가 있었나요?"

눈을 깜빡이던 최수원이 피식 웃음을 흘렸다.

"나 최수원이야."

"……."

"근데 최수원이 언제부터 최수원이었겠냐? 날 때부터 대한민국 톱스타는 아니었을 거 아니야?"

"……."

"이제는 배우도 연기뿐만 아니라 비즈니스를 해야 하는 시대다. 너도 배우로 성공하고 싶으면 명심해. 자존심은 나중에 잘 되고 나서 그때 챙겨도 늦지 않아. 그럼, 나 진짜 간다."

가볍게 오른손을 흔든 최수원이 멈췄던 걸음을 옮겼다.

그리고 그 뒷모습을 바라보는 김희연은 늘 거대하게만 느껴지던 최수원의 뒷모습이 오늘따라 유독 작고 초라하게만 보였다.

서울의 야경을 피부로 직접 느낀 외국인들은 입을 모아 말한다.

원더풀!

그만큼 서울의 밤은 그 어느 나라의 도시를 가더라도 쉽게 찾아 볼 수 없을 만큼 독특한 매력을 지니고 있었다.

현대의 건물, 일명 빌딩숲 사이사이에 수백 년 전에 존재했던 과거의 멋이 고스란히 남아 있기 때문이었다.

그리고 그 감정은 오랜만에 핸들을 잡고 밖으로 나온 내게도 고스란히 전해져 왔다.

하지만 아쉽게도 지금은 온전히 그 감정을 만끽할 수 있는 시간이 아니었다.

딸칵-

보조석에 앉은 민 박사가 핸드백에서 손바닥 크기의 태블릿 PC를 꺼내고는 브리핑을 시작했다

"의뢰인께서 의뢰하신 이번 작전에 투입될 인원은 총 20명입니다."

"20명이요? 음, 20명은 너무 많은 거 아닌가요?"

이번 작전은 법에 위배되는 부분이 없지 않아 있는 만큼 나중을 위해서라도 진실을 아는 사람이 최소인 게 유리했다.

"의뢰인께서 걱정하시는 보안에는 문제없을 겁니다. 20명 중에서 12명은 밥 차를 운영하는 스태프들 사이에 섞여서 상황을 파악할 거고, 5명은 돌발 상황에 대비할 겁니다. 실질적으로 의뢰인과 같이 움직일 인원은 3명입니다. 그리고 그 3명은 제 이름을 걸고 믿을 수 있는 사람들입니다. 만약, 그 3명을 믿지 못하시겠다면, 이번 의뢰를 포기하고 위약금을 배상하도록 하겠습니다."

"……."

민 박사를 처음 만나는 내게 있어 그녀와 그녀가 신뢰하는 이들이 얼마나 믿을 만한 가치가 있는 사람인지 지금의 나는 모른다.

그래도 믿을 수밖에 없는 것은 이들을 소개해준 사람이 다름 아닌 안 집사님이었기 때문이었다.

"3명이라…… 알겠습니다. 그렇게 진행하도록 하죠."

민 박사가 입에 가벼운 미소를 짓고는 말했다.

"그리고 의뢰인께서 수고스러우시겠지만, 작전이 완벽하게 진행될 수 있도록 도와주실 일이 한 가지 있습니다."

"뭐죠?"

"그쪽 촬영 팀은 저희를 단순한 투자자로 생각하고 있습니다. 이번 방문 역시 투자자로 영화 촬영이 잘 진행되고 있는가를 확인하기 위해서입니다. 그러니 적어도 현장을 한 번쯤 살펴보는 리액션 정도는 필요할 겁니다. 또 보통 이런 경우에는 감독이 직접 배우들을 이끌고 나와서 인사를 하기도 하니, 그때 격려의 말을 해주는 것도 잊지 마시고요."

"간단히 말해서 적당한 연기를 하라는 말이죠?"

"바로 그겁니다."

민 박사의 우려와 달리 그녀의 주문은 내게 어려울 것이 없었다.

내 머릿속에는 수많은 여인의 마음을 연기로 훔친 비도크의 기억이 남아 있기 때문이었다.

그리고 순간 머릿속에 최수원과 김희연의 얼굴이 떠올랐다.

두근?

최수원은 그렇다고 쳐도 김희연을 떠올리자 괜히 가슴

한 곳이 두근거렸다.

시간이 흘러 희미해졌던 수향의 얼굴이 다시 금 떠올랐기 때문이었다.

"……혹시 현장에 마음에 드는 배우라도 있으십니까?"

"그게 무슨 소리죠?"

"갑자기 말씀이 없으셔서 그렇습니다. 보통 이런 상황은 누군가가 떠올라서 그런 경우가 일반적이죠. 혹시 마음에 드는 배우가 있으시다면, 작전에서 시간을 조금 조율하도록 하겠습니다. 어찌됐든 저희는 투자자로 방문을 하는 거고 그 정도 시간은 뺄 수 있도록 감안해서 계획을 짰으니까요. 단!"

말을 잇던 민 박사가 태블릿에서 시선을 떼고 나를 쳐다봤다.

"돌발 상황이라고 해도 성적인 문제로 인한 부분만큼은 자제해주셨으면 합니다."

신호가 걸린 틈을 타서 날 바라보는 민 박사를 향해 어처구니없다는 눈빛을 보냈다.

"농담이죠?"

"진심이었습니다. 하지만 의뢰인의 눈빛을 보니 그 부분은 안심해도 될 것 같네요. 의뢰를 받아 일을 하다 보면, 워낙 예상하지 못한 돌발 변수가 많이 생겨서 말입니다. 특히 성적인 부분에서는 더 그렇죠."

담담히 말을 끝내고 민 박사는 시선을 돌렸다. 그런 그녀를 바라보는 나는 호기심이 치밀어 올랐다.

민 박사는 한국 나이로 치면 고작 20대 중반에 불과했다.

일반인으로 치면 이제 대학을 졸업하고 직장에 취업을 하기 위해 한창 이력서를 쓰고 있을 나이였다.

그러나 내 앞에 있는 민 박사라는 여자는 하루하루를 일반인은 상상조차 할 수 없는 거물급 인사들과 만나며 지낸다.

그뿐인가? 그녀는 하루 일당으로 무려 30만 달러를 받고 있었다.

아마 모르긴 몰라도 이 나이에 자수성가해서 그만한 돈을 버는 사람은 세계를 통틀어도 열이 넘지 않을 것이다.

그러니 궁금증과 호기심이 치밀어 오르는 것은 사람인 이상 당연할 수밖에 없었다.

게다가 파면 팔수록 민 박사는 여러모로 신비로운 구석이 많은 여성이었다.

'나이트의 능력으로도 아무것도 찾을 수 없었지.'

민 박사에 대한 얘기를 처음 듣고 나이트를 동원해서 정보를 수집하려고 했었다.

안 집사님을 신뢰하지만, 이번 작전이 중요한 만큼 혹시 모를 만약의 상황을 대비하기 위해서였다.

하지만 민 박사에 대한 정보는 네트워크상에 단 한 건도 존재하지 않았다.

마치 누군가가 의도적으로 모든 정보를 지워버린 것처럼 말이다.

물론 민 박사라는 이름 자체가 가명이라면, 아무런 정보가 나오지 않는 것도 당연했다.

하지만 만나고 나서부터 그녀가 보인 당당한 행동들을 보면, 굳이 가명 따위를 쓸 인물로는 보이지 않았다.

'설마 여행자는 아니겠지? 음, 진실과 거짓을 사용해볼까?'

〈진실과 거짓〉

고유: Passive

등급: A

설명 : 태어나서부터 자신이 가진 돈을 노리고 접근하던 사람들로 인해 숱한 배신을 당하고 끊임없이 주변의 사람을 의심해야 했던 송지철의 고유 특기입니다.

효과: 상대의 말에 집중하고 있을 경우 진실과 거짓을 구분할 수 있습니다.

대상이 하는 말이 진실일 경우에는 몸에서 파란색의 기운이 거짓일 경우에는 붉은색의 기운이 강합니다.

순간, 고민이 들었다.

하지만 이내 고개를 흔들었다.

진실과 거짓은 확실히 대단한 능력이었다.

하지만 사람의 모든 말에 이 능력을 사용했다가는 난 단순한 의심병 환자가 될 수밖에 없다.

이 능력을 사용하지 않고는 그 누구의 말도 믿지 못하게 될 테니까 말이다.

"왜 그렇게 보시죠?"

"……."

"계속 뚫어지게 쳐다보셔서 제 얼굴에 뭐가 묻은 줄 알았네요."

잠시 다른 생각을 하느라 시선을 고정했던 게 아무래도 민 박사에게서 오해를 사게 된 것 같다.

빠앙-

입을 열려는 찰나 뒤에서 클랙슨 소리가 울렸다.

급히 차량을 출발시키고 다시 말을 이어가려는데 그보다 민 박사가 한발 빨랐다.

"의뢰인께서 저에 대해 궁금하신 게 있으시다면, 물어보셔도 좋습니다. 단, 사적인 질문에 관해 대답해 드리는 비용은 추가 수당으로 포함된다는 사실을 알아주셨으면 좋겠습니다."

질문마다 돈을 받겠다는 소리였다. 돈을 주고 물어볼 생각은 없지만, 혹시나 하는 생각으로 말을 걸었다.

"얼마입니까? 질문 하나에."

"10만 달러입니다. 10개를 한 번에 물어보신다고 한다면, 만 달러 정도는 깎아 드릴 수 있습니다."

"……."

질문 한 번에 1억이라는 소리에 순간 마음 깊은 곳에서 뭔가가 욱하고 치밀어 오르려고 했지만, 참았다.

아무래도 민 박사라는 이 여성의 머릿속에는 모든 것이 돈으로 계산되는 법칙이 존재하는 것 같다.

이번 작전에 대해서 중요한 브리핑은 대다수 사전에 얘기가 된 상황.

거기에 서로가 서로에게 질문이 없으니, 차안은 당연히 침묵만 감돌았다.

그렇게 10분 정도 시간이 흘렀을까?

우리가 타고 있던 차량은 경복궁 입구에 있는 주차장에 들어섰다.

"이거 받으세요."

시동을 끄는 사이 민 박사가 핸드백에서 안경 하나를 꺼내 내밀었다.

겉으로 보기에는 별다른 특징이 없는 검은 뿔테 안경이었다.

"도수는 없고 특수 카메라가 달린 안경이에요. 의뢰인의 안전을 지키는 것도 제 수당에 포함되어 있거든요."

"마음은 고맙지만 거절합니다."

"네?"

처음으로 민 박사의 입에서 당황 어린 목소리가 흘러 나왔다.

하지만 내 입장에서는 당연했다.

민 박사 입장에서는 내 안전을 위해서라고 말하고 있지만, 반대로 보자면 이 안경으로 인해 내 일거수일투족이 감시당할 수 있다는 소리와 마찬가지였다.

그리고 만약 내 몸을 스스로 지킬 수 없는 상황이라면, 그 누구도 나 자신의 안전을 보장할 수 없을 것이다.

괜히 영선호의 블랙박스 영상을 가지고 사람들이 히어로니 외계인이니 떠들어 댔던 게 아니었다.

"정말 받지 않으실 건가요? 만약 받지 않으시고 안전에 문제가 생길 경우 그에 대해서는 책임지지 않을 생각입니다만?"

뼈가 있는 말이었지만, 그 정도로 물러설 내가 아니었다.

"괜찮습니다. 이제 내리죠."

탁!

차량에서 내리자 발걸음 소리가 들렸다.

저벅저벅-

시선을 돌리니 한솔이라는 글자가 새겨진 모자를 쓰고

있는 사내가 보였다.

'누구지? 상당한 실력자인데?'

사내의 건장한 체격 때문만은 아니었다.

걸음걸이나 몸이 움직일 때의 근육 모양을 보면, 단순한 헬스 따위가 아니라 특별한 격투기를 수련한 게 분명했다.

"박 팀장, 오랜만. 여기는 오늘 현장을 책임질 박 팀장이라고 해요. 그냥 편의상 박 팀장이라고 부르는 거지, 저처럼 이름이 팀장은 아니니까 오해하지 않으셨으면 합니다. 그런 면에서 좀 민감한 친구거든요."

역시 프로는 프로인 것일까?

조금 전의 상황은 가볍게 던지듯 털어버린 민 박사가 박 팀장을 손으로 가리키며 말했다.

소개 받은 박 팀장이 고개를 숙였다.

"……."

"이해해주세요. 박 팀장이 일은 잘하는데 굉장히 과묵합니다. 그래서 평소 꼭 필요한 말이 아니면 안 하니까, 그냥 그러려니 하시면 됩니다."

내 편에서는 말이 많은 쪽보다는 오히려 과묵한 쪽이 환영이었다.

"알겠습니다. 박 팀장님, 이번 일 잘 부탁드리겠습니다."

스윽-

오른손을 내밀었다.

내밀어진 손을 물끄러미 바라보던 박 팀장이 다시 고개를 숙였다.

그 모습에 민 박사가 작게 웃었다.

"일에 꼭 필요한 경우가 아니라면, 스킨십도 최대한 자제하는 편입니다."

어색해진 손을 거둬들이며 대신 경복궁의 입구를 가리켰다.

"알겠습니다. 그럼, 갑시다."

일명 경복궁의 밤이라 명명한 이번 작전을 시작할 시간이었다.

한 남자가 궁궐을 거닐고 있고 그 옆에는 미모의 여성이 함께하고 있다.

또 뒤로는 모자를 푹 눌러쓰고 같은 복장을 하고 있는 20명의 남성이 뒤를 따르고 있었다.

흡사 영화 속 조직폭력배 두목이 부하들을 이끌고 적진을 향해 가는 장면.

문제가 있다면, 지금 이 순간 그 영화 속 주인공이 바로 나라는 점이었다.

웅성웅성-

영화 촬영 현장에 갑자기 수십 명의 사람들이 일제히 들어서자 현장에 있던 스태프들이 주변을 두리번거리며 속삭이기 시작했다.

그러던 중 건장한 체격의 남성이 앞으로 뛰어 왔다.

입고 있는 조끼에는 STAFF 라는 글자가 선명하게 박혀 있었다.

"실례합니다. 저기 어떻게 오셨습니까?"

"이쪽은 미스터 한. 여러분이 촬영하고 있는 영화의 투자 대리인입니다."

투자 대리인이라는 소리에 스태프가 재빨리 쓰고 있던 모자를 벗고 고개를 꾸벅 숙였다.

"처음 뵙겠습니다. 영화 조선의 검의 조감독 이정훈입니다. 그렇지 않아도 감독님께 오신다는 얘기를 듣고 기다리는 중이었습니다. 이리 모시겠습니다."

조감독 이정훈은 사전에 여진후 감독에게 절대 실수를 하지 말라는 소리를 백 번도 더 들은 상황이었다.

"고맙습니다. 그리고 저희가 고생하는 촬영 팀을 위해서 음식을 준비했는데, 어디에 가져다 놓으면 될까요?"

"음식이요?"

이정훈의 반문에 민 박사가 뒤쪽에 있는 사람들을 손으로 가리켰다.

그리고 그 너머로는 한솔이라는 마크가 선명하게 박혀 있는 다수의 트럭들이 서 있었다.

조감독으로 지낸 세월이 세월인 만큼 눈치 백단의 이정훈은 그게 뭘 의미하는지 단번에 알아차렸다.

"그, 그게 저쪽으로 가시면 저희가 사용하는 밥 차가 있습니다. 그 옆으로 가면 될 것 같습니다."

"박 팀장님, 들으셨죠? 조감독님은 저희를 감독님에게 안내해주고. 이쪽은 사람 한 명만 붙여주세요."

"알겠습니다. 민성아! 여기 이분들 안내 좀 해줘."

이정훈이 목소리를 높이자 모여 있던 스태프들 중에서 왜소한 체구의 남성이 사람들을 헤치며 재빨리 뛰어 나왔다.

"자, 그럼 가시죠."

이정훈을 따라 걸음을 걸으니 이산으로서 이곳을 걸었던 기억들이 새록새록 떠올랐다.

정조가 즉위한 해는 1776년.

그리고 지금은 2017년이다.

수백 년, 정확히 따지자면 241년이 흘러서 몸은 다를지라도 지금의 나는 같은 곳을 걷고 있었다.

비록 많은 전란과 세월의 흐름을 이기지 못하고 주변 곳곳의 모습이 달라지기는 했지만, 과거의 추억을 살리지 못할 정도는 아니었다.

"근정전으로 가는 길이군요."

내 중얼거림에 놀란 이정훈이 고개를 끄덕이며 말했다.

"아, 맞습니다. 다음 촬영이 근정전 앞에서 있어서요. 현재 감독님과 배우들께서는 그곳에 모여 계십니다. 그보다 경복궁을 자주 와보셨나 봅니다. 여기서 꽤 촬영을 한 저희도 밤에는 길을 자주 헷갈리거든요."

"오른쪽입니다."

"예?"

반문하는 조감독을 향해 오른쪽으로 나 있는 길을 가리켰다.

"근정전으로 가려면 오른쪽으로 가야 한다고요."

"……!"

보수를 했다고 해도 건물의 위치까지 바뀌었을 리는 없다.

보수는 말 그대로 낡은 건물을 다시 수리하는 것이다.

그렇다면, 눈앞에 있는 조감독 이정훈보다는 수십 년을 궁에서 산 이산의 삶을 기억하는 내 말이 맞을 수밖에 없었다.

주변을 두리번거리던 이정훈이 이내 아차 하는 표정을 짓더니 머리를 긁적거렸다.

"죄, 죄송합니다. 오른쪽 방향이 맞네요. 오른쪽으로 가시죠."

발걸음을 오른쪽으로 돌리는 조감독의 모습에 민 박사가 놀랍다는 듯 슬며시 엄지손가락을 추켜올렸다.

그렇게 이정훈을 따라 조금 더 걷자 기억 속에 있는 근정전의 모습이 들어왔다.

조선의 중요한 행사라고 할 수 있는 국왕의 즉위식과 대례 등은 빠짐없이 이곳에서 행해졌다.

그만큼 근정전은 경복궁의 중심이자, 조선왕실을 상징하는 건물이라고 할 수 있었다.

'조금 달라지기는 했지만, 그래도 그 멋은 변하지 않았구나.'

괜스레 마음 한구석에서 뿌듯함이 치밀어 올랐다.

"이쪽으로 가시죠."

이정훈이 손끝으로 가리킨 곳에는 넓게 쳐진 천막을 기준으로 다수의 조명기기들이 줄지어 늘어져 있었다.

덕분에 밤 9시가 넘었음에도 근정전 주변은 대낮처럼 환하게 밝혀져 있었다.

"감독님! 투자자 분께서 오셨습니다."

그의 외침에 천막의 의자에 앉아 있던 사람들이 자리에서 몸을 일으켰다.

'저 사람이 여진후 감독. TV에서 보던 거랑 별 차이는 없네. 그리고 최수원은 확실히…… 잘생겼다.'

일반인인 여진후 감독은 대중 매체를 통해 보던 것과

크게 다를 게 없었다.

평범한 키에 어디서나 볼 것 같은 무난한 외모였다.

입고 있는 옷차림 역시 체크무늬 난방과 청바지 차림이었다.

다만 그간 촬영이 꽤 힘들었는지 다크 서클이 턱 밑까지 내려 왔으며, 볼의 광대가 움푹 들어가 있었다.

반면 옆에 서 있는 최수원은 조선시대 왕의 상징인 곤룡포를 입고 있었는데, 그 모습이 흡사 만찢남(만화를 찢고 나온 듯한 남자)의 모습이었다. 남자인 내가 보기에도 감탄이 절로 나왔다.

'아마 과거였다면, 단 하루만이라도 최수원 같은 얼굴로 살아보고 싶다고 생각했을 거야.'

하지만 앞서 두 사람이 내게 준 충격은 옆에 서 있는 김희연과 비교할 바가 아니었다.

최수원에게서 받은 충격이 좁쌀이었다면, 김희연을 보고 느낀 충격은 수박이었다.

'설마 환생 같은 걸 한 건 아니겠지?'

그만큼 김희연은 내 기억 속에 있는 수향과 똑같이 모습이었다.

심지어 입술 옆에 있는 두 개의 점마저 똑같았다.

그 모습을 보고 있자니, 타임 슬립을 겪은 조선의 수향이 현대로 넘어와 김희연으로 살아가는 건 아닐까라는 생각마저

들었다.

그럴 수밖에 없는 것이 타임 룰렛이 존재하니 타임 슬립이 존재하지 말란 법이 없었다.

툭-

"아!"

옆에서 느껴지는 감촉에 정신을 차리니 민 박사가 걱정 어린 모습으로 나를 쳐다보고 있었다. 그녀가 입술을 달싹거렸다.

[괜찮아요?]

고개를 끄덕이고 주변을 살폈다. 이상한 얼굴로 나를 쳐다보는 촬영 팀 사람들의 모습이 보였다.

그만큼 김희연의 첫 인상이 내게는 큰 충격을 준 것이다.

속으로 가볍게 숨을 고르고 오른손을 앞으로 내밀었다.

"처음 뵙겠습니다. 이번 영화의 투자 대리인으로 방문한 미스터 한이라고 합니다."

몇 달 전의 기사로 내 얼굴이 팔릴 만큼 팔렸을 거라는 걱정은 할 필요가 없다.

음악 방송에서 1위를 하거나 시청률이 30%가 넘는 드라마의 주인공도 수개월이 지나면 얼굴이 잊혀 기억나지 않는 게 현대인들이었다.

괜히 연예인들이 물 들어올 때 노 젓는 식으로 인기가 있을 때 더 열심히 활동하는 게 아니었다.

그래야지만 시간이 흘러도 대중에게 잊히지 않고 장수하는 연예인이 되어 계속 활동할 수 있기 때문이다.

그러니 고작 뉴스와 신문에 1~2개월 나왔다고 해서 세상 사람들이 전부 날 알아보면 어떨까라는 건, 적어도 아직은 걱정할 필요가 없는 문제였다.

"반갑습니다. 감독 여진후라고 합니다. 이쪽은 잘 아시죠? 저희 영화의 남자 주인공인 배우 최수원 씨입니다."

최수원이 악수를 청하며 말했다.

"최수원입니다. 투자자가 온다고 해서 나이 지긋한 중년인을 생각했었는데, 이렇게 젊은 분이 올 줄은 몰랐네요. 그리고……."

건넨 악수를 받은 내 손목을 최수원이 힐끗 쳐다봤다.

"저도 시계를 참 좋아하는데, 시계가 참 예쁩니다."

"감사합니다."

최수원 정도 되는 배우라면, 내 손목에 채워진 시계가 고가의 명품이라는 것쯤은 어렵지 않게 알아챌 것이다

배우로 활동하고 있는 그였지만, 부동산 투자에도 조예가 깊어 강남에만 3채의 빌딩을 보유하고 있었다.

또한 방송과 CF, 기타 활동으로 한 해 동안 벌어들이는 수익이 70억에 가까웠다.

이 정도면 소위 움직이는 기업이라 일컫는 수준이었다.

'못 알아보면 오히려 내가 섭섭하지.'

나라고 정장 같은 옷이 편해서 입고 온 것은 아니었다.

자리가 자리인 만큼 또 방문하는 신분이 신분인 만큼, 그에 걸맞은 구색을 맞춘 것이다.

명색이 투자 대리인이라고 찾아온 사람이 청바지에 티셔츠만 걸치고 온다면 과연 신뢰가 생길까?

물론 지금 내 곁에는 커리어 우먼의 정석을 보여주는 민 박사가 있으니, 상대적인 오해는 줄어들 것이다.

그녀가 이끌고 온 밥 차와 20명의 사람들도 있고 말이다.

하지만 그렇다고 해도 한번 의심의 눈초리가 생기면, 그걸 지우기 위해서는 더 많은 시간이 투자되어야 한다.

경복궁을 방문한 진짜 목적을 위해서는 그런 상황을 만드는 건 최대한 자제해야 했다.

"자, 이쪽도 소개해드리죠. 이번 저희 영화에서 핵심이라 할 수 있는 여배우, 김희연 씨 입니다."

"안녕하세요. 김희연이라고 합니다."

김희연이 입고 있는 옷은 조선시대 여성들이 주로 입는 당의였다.

하지만 내 기억 속의 수향은 내 호위를 맡은 뒤로 대다수 무복을 입었지 당의를 입은 적은 거의 없었다.

그렇기 때문에 그녀를 본 순간 진한 아쉬움이 생겼다.

"……그런 옷도 잘 어울렸구나."

"네?"

"아, 아무것도 아닙니다. 그보다 괜히 저희가 촬영 시간을 빼앗은 건 아닌가요?"

몰라서 하는 소리는 아니다.

단순히 예의상 하는 말이었다.

그리고 그건 상대 역시 마찬가지였다.

여진후 감독이 입가에 미소를 짓고는 말했다.

"아닙니다. 마침 딱 휴식 시간이었습니다."

"그럼, 다행이군요. 참, 빈손으로 오기 뭐해서 밥 차를 준비했습니다. 촬영 현장을 방문할 때에는 많이들 그렇게 한다고 하더군요. 그리고 이건……."

품에서 미리 준비했던 봉투를 하나 꺼내 여진후 감독에게 내밀었다.

동시에 주변의 시선이 일제히 내가 건넨 봉투로 향했다.

"촬영 끝나고 회식이라도 하시라고 준비했습니다."

정착자로 송지철의 삶을 살 때 한 가지 깨달은 게 있다면, 돈을 쓸 때는 확실히 써야 한다는 것이다.

만약 어중간하게 사용한다면, 그건 주는 쪽이나 받는 쪽이나 서로 입장만 난감할 뿐이다.

확실하게 줘야 주는 쪽은 생색을 낼 수 있고 받는 쪽은 합당한 고마움 혹은 부담감을 가지게 된다.

"이렇게까지 안 하셔도 되는데……. 그래도 주시는 거니까 사양하지 않고 받겠습니다."

살짝 놀란 표정을 짓던 여진후 감독이 조심스레 봉투를 건네받았다.

"영화 잘 만들라고 드리는 겁니다. 영화가 대박이 나야 저희도 투자한 돈 이상을 벌 수 있으니까요."

"하하! 물론입니다."

투자자다운 말을 한마디 던져주자 여진후 감독이 크게 웃음을 터트리고는 고개를 끄덕였다.

"참 그보다……."

지금부터가 중요하다.

애초에 이런 쇼를 벌이면서까지 경복궁에 온 목적.

그 목적을 자연스럽게 달성하기 위한 초석을 만들 차례다.

"괜찮다면, 경복궁 주변을 둘러봐도 되겠습니까?"

"네?"

여진후 감독이 의아한 표정을 지었다. 그때를 놓치지 않고 말을 이었다.

"경복궁을 방문한 적은 몇 번 있지만, 이렇게 밤에 방문한 적은 없어서 말입니다. 야간 개장을 할 때에는 사람이 너무 많아서 말이죠. 그에 비해 지금은 바람도 좋고 운치도 있으니, 옛날 이곳에서 살았던 왕의 흉내나 내면서 산책 좀 해보려고 합니다."

"아, 그렇군요."

이해하겠다는 얼굴로 고개를 끄덕인 여진후 감독이 잠시 생각하는 표정을 지었다.

촬영 팀이야 미리 서울시와 문화재청에 협조를 구해서 명단을 제공하고 촬영을 진행하고 있지만, 새롭게 방문한 나와 민 박사 그리고 밖에 있는 20명의 사내들은 아니었다.

즉, 다시 말해서 이 시간에 우리가 경복궁에 들어와 있는 것도 원칙적으로 따지면 불법인 것이다.

그리고 당연한 얘기지만 만약 촬영 팀이 촬영을 진행하는 도중 문화재가 파손 혹은 도난당하면, 그 책임과 비용은 전부 여진후 감독에게 전가될 것이다.

그렇기 때문에 일반적인 촬영의 경우 실제처럼 보이도록 만들어진 세트장에서 진행됐지만, 리얼리티를 강조하는 여진후 감독의 성격 때문에 경복궁이 실제 무대가 된 것이다.

물론 보이지 않는 곳에는 당연히 안 집사님이 힘을 써준 영향도 있었다.

"음……."

잠시 고민하던 여진후 감독의 시선이 이정훈을 향했다.

"조감독, 희연 씨 다음 씬 촬영이 언제지?"

"네? 그게 그러니까……."

이정훈이 재빨리 품속에서 수첩을 꺼냈다.

영화 조선의 검은 블록버스터인 만큼 촬영에 투입되는 배우만 해도 주연과 조연을 합쳐 30명이 넘었다.

여기에 보조 출연자, 엑스트라들까지 합치면 100명은 가뿐했다.

인원이 인원이다 보니 조감독이라고 해서 모든 배우들의 촬영 스케줄을 외우는 건 무리가 있었다.

"내 기억으로는 한 시간 정도 여유가 있는 것으로 기억하는데. 그렇지?"

"……."

수첩을 펼쳐 든 이정훈이 눈을 깜박거렸다.

한눈에 보기에도 당황한 표정이 역력했다.

하지만 그러거나 말거나 여진후 감독은 입가에 미소를 머금고 나를 쳐다봤다.

"여기 있는 희연 씨가 촬영 시간이 조금 빕니다. 희연 씨, 미안한데 여기 미스터 한과 같이 산책 좀 해주겠어?"

"제, 제가요?"

여진후 감독의 뜬금없는 요구에 당황한 김희연이 되물었다.

"왜 혹시 무슨 일이라도 있나?"

"그런 건 아니에요."

"그렇지? 그나마 지금 이 자리에 있는 사람들 중 시간이 비는 사람이 희연 씨밖에 없어서 그러니까 이해 좀 해줘요."

"……알겠습니다."

거듭되는 요구에 결국 김희연이 고개를 끄덕였다.

상황이 이렇게 되니 당황스러운 건 우리 쪽이었다.

정작 촬영 팀의 눈을 피해서 시간을 벌어야 하는데 엄한 혹이 붙어 버린 것이다.

재빨리 한 걸음 앞으로 걸어 나가며 입을 열었다.

"아닙니다. 촬영 시간까지 빼앗았는데 주연 배우 분께 길 안내를 시킬 순 없습니다. 그냥 저희끼리 간단히 둘러보고 돌아가도록 하겠습니다."

애써 거절의 의사를 내비쳤지만, 여진후 감독의 의사는 확고했다.

"하하! 아닙니다. 이렇게 격려차 응원도 와주시고 밥 차에 회식비까지 후원해주셨는데, 어떻게 그냥 보내겠습니까? 만약 거절하시면 오늘 촬영 접고 제가 직접 안내를 해드리겠습니다."

촬영 현장의 책임자인 감독이 이렇게 나와 버리니, 할 말이 없는 쪽은 우리였다.

시선을 민 박사에게 돌리자 굳은 표정의 그녀가 살짝 고개를 끄덕였다.

일단은 여진후 감독의 제안을 수락하자는 의사 표시였다.

“알겠습니다. 그럼, 감독님의 호의는 감사하게 받겠습니다.”

“하하! 호의라고 할 것까지 있습니까? 그럼, 일단 저쪽의 경회루로 한번 가보시죠. 낮에도 멋지지만 밤에 보는 운치는 정말 끝내줍니다. 희연 씨, 부탁 좀 할게요.”

여진후 감독의 부름에 김희연이 고개를 끄덕이고는 걸어나오며 말했다.

“이, 이쪽이에요.”

한바탕 폭풍이 지나가고 촬영장은 다시 바쁘게 움직였다.

하루에 정해진 촬영 분량은 정해져 있는데 시간은 한정되어 있으니, 더 멋진 장면을 뽑아내기 위해서는 결국 자투리 시간까지 아껴가며 움직이는 수밖에 없었다.

최수원이 의자에 앉아 있는 여진후 감독의 곁으로 다가가 그 옆의 빈 의자에 앉았다.

“진후 형.”

“응? 아, 수원이구나. 너 촬영 들어가려면 15분 정도 남았는데, 쉬지 않고 왜?”

11년 전 지금의 여진후 감독을 있게 만든 영화 다모의 주연 배우를 최수원이 맡았던 것을 계기로 두 사람은 사적인 자리에서는 형과 동생으로 지내고 있었다.

실제로 스케줄이 없는 날이면 술을 마시거나 여행을 가기도 하는 등, 단순한 감독과 배우의 사이를 넘어 친분을 과시하기도 했다.

“이거 정말 궁금해서 묻는 거니까 오해하지 말고 들어. 아까 왜 그랬어?”

“뭐가?”

최수원이 인상을 찌푸리며 말했다.

“아니, 아까 투자 대리인 말이야. 그냥 스태프 하나만 붙여도 될 일인데, 굳이 김희연을 보낼 필요는 없었잖아? 촬영 시간까지 연기하면서 말이야.”

여진후 감독이 입가에 미소를 짓고는 비스듬히 기대었던 몸을 바로 했다.

그리고는 옆에 놓인 간이 탁자 위의 종이컵을 집어 들었다.

종이컵 안에는 쌀쌀한 밤공기로 인해 이미 식어버린 커피가 반 정도 남아 있었다.

후릅.

“……역시 우리 동생. 확실히 프로라니까. 다른 배우 스케줄까지 알고 있고 말이야.”

“말 돌리지 말고. 왜 그랬는데?”

“그 전에 이것부터 봐라.”

여진후 감독이 조금 전 받았던 봉투를 꺼내 최수원에게 내밀었다.

“회식비 봉투?”

“열어서 얼마 들어 있는지 한 번 확인해 봐.”

“뭐, 많이 넣었어야 백만 원 정도…… 응?”

봉투 안에 든 수표를 확인하고 가볍게 웃어넘기려던 최수원의 얼굴이 굳어졌다.

수표에는 그의 예상보다 0이 하나 더 붙어 있기 때문이었다.

“공이 일곱 개면…… 천만 원? 회식하라고 천만 원을 주고 갔다고?”

천만 원 정도야 최수원 정도 되는 배우라면, 그리 어렵지 않게 벌 수 있는 액수였다.

하지만 버는 것과 쓰는 것은 엄연히 다른 문제였다.

그것도 굳이 쓰지 않아도 되는 돈이라면 더욱더 말이다.

여진후 감독이 최수원이 넘긴 봉투를 다시 품에 잘 갈무리하며 말했다.

“그뿐인 줄 아냐? 조감독 얘기 들으니까 밥 차도 일반 밥차가 아니라 호텔 쉐프가 직접 만드는 음식이라더라. 스테이크는 물론 대게에 랍스터까지 있다지? 아, 얘기하니까

배고프다. 애들 시켜서 좀 가지고 오라고 할까?"

일반 밥 차의 특별한 메뉴는 보통 소불고기에 갈비 정도였다.

일반 식당, 뷔페를 기준으로 치자면, 평범한 메뉴일 경우 1인 3~5천 원, 특별한 메뉴는 7~8천 원 또는 만 원 정도의 단가가 된다.

하지만 방금 여진후 감독이 말한 밥 차의 메뉴를 생각하면, 1인 최소 3만 원에서 5만 원 정도까지는 금액을 생각해야 한다.

어떻게 아느냐고 묻는다면, 그간 대한민국 최고의 배우로 군림하면서 최수원 역시 이런 유의 조공을 팬들에게 많이 받아 왔기 때문이었다.

"……."

최수원의 머릿속에 조금 전 봤던 파텍필립 시계가 떠올랐다.

"그 투자 대리인이라는 인간 대체 정체가 뭐야? 아까 보니까 시계도 파텍필립 시계던데. 내가 처음 보는 디자인이어서 알아봤더니, 그거 억은 넘는 물건이던데?"

"누구긴 누구겠냐? 네 말대로 우리 영화의 투자 대리인이지."

"형, 그 투자자가 우리 영화에 투자한 돈이 얼마야?"

"80억."

여진후 감독이 덤덤히 대답하기는 했지만, 대한민국 영화판에서 80억이란 액수는 결코 작은 돈이 아니었다.

"휘유, 어마마하네."

80억의 자본. 블록버스터 급을 만들기에는 분명 부족한 돈이다. 하지만 어지간한 규모의 로맨스 같은 영화는 두 편, 혹은 세 편도 만들 수 있는 금액이었다.

"진후 형, 영화 투자한 곳이 D.K 그룹이라고 했지? 혹시 그 투자 대리인이 거기 회장 아들 아니야? 보니까 아직 20대 초반으로 밖에 안 보이던데."

"거기 회장 아직 미혼이라더라."

"아니, 그럼 숨겨둔 아들일 수도 있잖아? 요즘 같은 시대에 꼭 결혼을 해야지 자식이 있나?"

피식-

최수원의 반문에 여진후 감독이 웃음을 흘렸다.

"배우님, 소설은 그만 쓰시고요."

"에이, 내 촉이 그렇다니까?"

"짜식. 솔직히 우리야 나쁠 게 뭐가 있냐? 투자 잘 받았고 이렇게 도와주니 영화만 잘 찍어서 대박내면 되는데."

"그거야 맞는 말이긴 한데. 그나저나 그래서 김희연은 진짜 왜 붙여 보낸 거야?"

잠시 빗나가 있던 화제를 최수원이 다시 원점으로 끌어

올렸다.

“아까 못 봤냐? 그 대리인이라는 사람이 김희연을 뚫어지게 보는 거? 난 무슨 첫사랑과 재회한 줄 알았다.”

“그랬어?”

온통 시계에만 관심이 있던 최수원은 미처 발견하지 못했었다.

여진후 감독이 비어 버린 종이컵을 우그러트리며 말을 이었다.

“어찌됐든 그 사람이 희연이에게 관심이 있나 본데. 뭐, 두 사람이 친하게 지내서 나쁠 것도 없지.”

“음…….”

최수원이 짧은 신음을 내뱉었다.

뭔가 망설이는 것 같은 표정을 발견한 여진후 감독이 입가에 미소를 지우고는 말했다.

“왜? 혹시 내가 그 투자자한테 잘 보이려고 배우 팔아서 장사했다고 생각하냐?”

“아니, 뭐 꼭 그런 건 아니고. 에이, 형이니까 얘기하지만 사실 이 바닥에서 그런 일 비일비재하잖아?”

만약 최수원이 여진후 감독과 친한 사이가 아니었다면, 지금과 같은 말은 꺼내지도 못했을 것이다.

감독을 양아치, 쓰레기 취급하는 것과 다름없기 때문이었다.

하지만 그렇다고 해서 최수원의 말이 전혀 틀린 것은 또 아니었다.

실제로 일부 감독 중에는 자신의 영화에 출현하는 배우들을 투자자에게 소개시켜주고 제작비를 추가적으로 받아오는 경우가 꽤 많았다.

물론 단순히 소개만 해주는 것이라면, 하등의 논란거리도 되지 않았을 것이다.

문제는 그 소개가 대부분 술자리에서 일어난다는 것이었다.

그리고 소개를 받은 투자자의 만족 여부에 따라, 얼마 뒤 배우가 하차하거나 혹은 배역의 중요도가 바뀌는 경우가 생긴다는 게 문제였다.

흔히 말하는 투자자의 압력 혹은 갑질 뭐 그런 것이다.

"짜식, 감독한테 말하는 버릇하고는. 걱정 마라. 그런 생각으로 붙인 거 아니니까. 애초에 그럴 거였으면, 오늘 촬영 접고 바로 술이나 먹으러 갔다. 그게 더 확실하니까."

"그거야 그렇지."

"그리고 인마! 형, 여진후야. 대한민국 넘버원 감독. 고작 80억 때문에 그런 쓰레기 같은 짓은 안 한다."

"하긴 그렇지. 만약, 투자 잘못 되면 얘기해. 내가 건물을 팔아서라도 제작비 보탤 테니까."

"말이라도 고맙다. 근데 그러다가 영화 망하기라도 하면?"

고맙다고 말하면서도 은근슬쩍 물어보는 여진후 감독의 태도에 최수원이 웃음을 터트렸다.

"푸하하! 그럼, 앞으로 형이 찍는 영화의 주연 배우는 몽땅 내꺼지. 종신 계약 OK?"

"생각만 해도 끔찍하네."

장난스레 몸을 떤 여진후 감독이 시간을 확인하고는 가볍게 박수를 쳤다.

짝!

"자, 슬슬 시간 됐네. 촬영 시작하자."

Chapter 90. 보물찾기

경복궁은 주기적으로 야간 개장을 한다.

하지만 항시 정해진 날짜와 시간에만 입장할 수 있었기 때문에 항상 많은 사람들로 인산인해를 이뤘다.

그렇기 때문에 조용히 옛 궁의 경치와 운치를 감상하기 위해 발걸음 한 사람들은 사람에 치여 씁쓸함만을 남기고 돌아가는 경우도 적지 않았다.

하지만 영화 촬영을 위해 통제가 되어 있는 경복궁 내부는 고요한 적막 속에서 간간이 풀벌레 울음소리만 들려 올 뿐이었다.

"괜히 저희 때문에 고생을 하시네요."

"네? 아, 아니에요. 괜찮습니다."

경회루를 안내하기 위해 앞서 걷고 있던 김희연이 걸음을 멈추고는 고개를 저었다.

그 모습에서 내 머릿속에는 또 다시 수향의 얼굴이 떠올랐다.

"저기 혹시…… 흠흠. 아무것도 아닙니다."

"……?"

눈을 동그랗게 뜨는 김희연의 모습에 허리춤 뒤쪽으로 가져간 오른쪽 주먹을 강하게 쥐었다.

'정신 차려라. 여기 온 목적에만 집중하자.'

지금까지 들어간 시간과 돈, 그리고 노력을 생각하면 이번 작전은 반드시 성공시켜야 했다.

'그러기 위해서는 일단 어떻게든 수향, 아니 김희연과 떨어져야 하는데.'

방법에 대해 고민을 할 찰나였다.

"아, 배야. 갑자기 배가……."

잘 걷고 있던 민 박사가 그대로 걸음을 멈추고는 자리에 쪼그리고 앉았다.

"저, 저기 괜찮으세요?"

놀란 김희연이 재빨리 다가가자 그 틈에 민 박사가 순간 나를 향해 왼쪽 눈을 찡긋거렸다.

"저기 죄송한데. 잠시 귀 좀……."

자신을 향해 다가온 김희연을 향해 민 박사가 속삭이듯 말했다.

갑작스러운 요구에 당황스러운 표정을 지으면서도 김희연이 이내 민 박사를 향해 고개를 내밀었다.

"저기 아무래도 갑자기 시작된 것 같아요. 화장실까지 좀 같이 가주시면, 안 될까요?"

"아!"

같은 여자이기 때문에 이해할 수 있는 상황이었다.

그리고 또 거절할 수 없는 제안이기도 했다.

김희연이 알았다는 듯 고개를 끄덕였다.

"미스터 한, 저 잠시 실례 좀 하겠습니다."

"무슨 일이 있는 겁니까?"

사람이 갑자기 아프다면서 쪼그리고 앉았는데, 이유도 물어보지 않는다면 자칫 주변 사람이 이상하다고 느낄 수도 있었다.

"잠시 속이 좀 안 좋아서요. 금방 돌아오겠습니다. 희연 씨, 경회루는 여기서 먼가요?"

"네? 아니요. 이 길로 조금만 더 가면 돼요."

"다행이네요. 미스터 한, 먼저 주변을 좀 보고 계세요. 잠시 후에 경회루에서 뵙는 것으로 하죠. 희연 씨, 그럼 좀 부탁할게요."

"아, 화장실은 이쪽이에요."

민 박사를 부축한 김희연이 서둘러 화장실이 있는 곳으로 걸음을 옮겼다.

두 사람이 시야에서 사라지는 것을 확인한 나는 곧장 품속에서 미리 준비되어 있던 장갑을 꺼내 착용했다.

그리고는 휴대폰으로 곧장 나이트에게 전화를 걸었다.

[에이션트 원, 이제 시작입니까?]

"응. 30분이면 끝날 거야."

[그럼, 지금부터 왕의 귀환을 시작하겠습니다.]

"뭐? 왕의 귀환?"

왕이라는 소리에 순간 가슴이 철렁거렸다. 하지만 이런 내 감정과는 상관없이 나이트는 아무런 감정이 느껴지지 않는 목소리로 말했다.

[제가 지은 이번 작전명입니다. 마음에 안 드십니까?]

"……아니야. 그럼, 30분 동안 잘 부탁한다."

통화를 끝내고 주변을 한 번 살핀 뒤 곧장 서쪽에 있는 담벼락을 잡고 뛰어 올랐다.

탓!

지금부터는 내게 있어서도 시간과의 싸움이었다.

과거의 기억과 미리 숙지하고 있던 경복궁 내부의 구조를 떠올리며, 숨도 제대로 못 쉬고 달려간 곳은 바로 내탕고가 위치한 자리였다.

찌르르- 찌르르-

내탕고에 도착했을 때는 주변에 사람의 인기척은 느껴지지 않았다.

간혹 들리는 풀벌레 소리만이 적막한 공간을 메우고 있었다.

손목에 채워져 있는 시계의 시간을 확인하니, 약속한 시간까지는 대략 3분 정도가 남아 있었다.

그리고 정확히 3분이 지났을 무렵. 주변에서 인기척이 느껴졌다.

가장 앞장서서 들어온 사람은 민 박사가 박 팀장이라고 소개했던 사내였다.

이윽고 앞서 민 박사가 공지했던 대로 두 사람이 더 모습을 드러냈다.

주변을 두리번거리던 박 팀장이 고개를 갸웃거리고는 잠시 망설이다가 입을 열었다.

"민 박사님은?"

처음 듣는 박 팀장의 목소리는 허스키할 것이라는 예상과는 다르게 상당히 부드럽고 가녀린 목소리였다.

아직 변성기가 찾아오지 않은 소년이라고 해도 믿을 수 있을 정도였다.

"조금 일이 생겼습니다."

자초지정을 모두 설명하기에는 시간이 부족했다.

그 사실을 아는 것인지 혹은 이런 돌발 상황이 그간 꽤 있던 탓인지 박 팀장은 추가적인 질문 없이 고개를 끄덕였다.

"가시죠."

내탕고의 문은 두꺼운 자물쇠로 잠겨 있었다.

일반적이라면, 열쇠가 없을 경우 공구로 자물쇠를 뜯는 방법 밖에는 없다.

그러나 그런 방법을 사용할 것이었다면, 굳이 거액의 돈을 주고 민 박사를 고용할 필요는 없었을 것이다.

박 팀장이 오른손을 까닥거리자 뒤쪽에 있는 두 명의 사내 중 한 명이 앞으로 걸어 나갔다.

그는 품속에서 이쑤시개 크기의 쇠꼬챙이를 꺼내더니 능숙한 자세로 자물쇠를 만지기 시작했다.

[솜씨가 제법인데? 물론 나라면 10초면 충분하지만 말이야.]

순간 머릿속에 든 하나의 상념.

당황스러움도 잠시였다.

이내 지금의 상념이 비도크의 기억에서 비롯된 것임을 알 수 있었다.

'으음, 아무래도 다음에 정산의 방에 가면 한번 물어 봐야겠는데. 아니면, 포인트를 써서라도 검색을 해봐야겠어.'

최근 들어 지금처럼 정착자의 기억들이 내 머릿속에서 마치 본래의 내 것처럼 떠오를 때가 늘어나고 있었다.

지금과 같은 상황에서야 상관이 없기는 하지만, 그렇다고 마냥 신경을 쓰지 않을 수는 없었다.

자칫 내 기억이 아님에도 마치 내 것처럼 착각을 해 버리면, 분명 큰 문제가 될 수 있는 일이기 때문이다.

딸칵-

1분 정도의 시간이 흘렀을까?

자물쇠의 잠금 장치가 풀림과 동시에 사내가 뒤로 물러섰다.

"들어갑시다."

내탕고의 문을 열고 안으로 들어서자 나무 특유의 냄새와 더불어 곰팡이 냄새가 코끝으로 들어왔다.

'역시 예상대로 텅 비어 있네.'

과거 베와 면포, 비단과 다양한 재물이 가득 쌓여 있던 내탕고는 먼지만 가득할 뿐 텅텅 비어 있었다.

하긴 문화재로 취급될 만한 물건이 남아 있다면, 시중에서 흔히 구할 수 있는 자물쇠 하나만으로 문을 닫아 놓았을 리 없다.

최소한 열 감지기나 도난 방지 센서 정도는 설치를 해뒀을 것이다.

'뭐, 지금에서 가치가 있는 건 이 내탕고 건물 그 자체

이니까. 당연한 거겠지.'

아무리 간 큰 도둑이라고 해도 건물 자체를 훔칠 생각을 하지는 못할 테니까 말이다.

"그래도 여긴 그대로네."

과거의 기억.

상선 인우를 떠올리며 내탕고 한쪽 벽면에 자리한 선반으로 걸어갔다.

힘을 줘서 선반을 뽑아내자 기억에 남아 있는 것과 마찬가지로 작은 홈이 보였다.

'설마 오래 되어서 작동을 하지 않는 건 아니겠지?'

혹시나 하는 불길한 생각이 들었지만, 이내 고개를 흔들어 생각을 털어버렸다.

작동을 하지 않는다면 다른 방법은 없다.

여기까지 온 이상 조선의 기술력을 믿는 수밖에 없었다.

가볍게 심호흡을 하고 선반이 뽑혀 나온 곳에 있는 작은 홈을 만지기 시작했다.

끼릭- 끼릭-

"……."

다행이도 귓가에 톱니바퀴가 맞물려 돌아가는 소리가 들렸다.

드르륵!

그리고는 이내 과거와 마찬가지로 멀쩡하던 벽이 땅 아래로 쑥 꺼지더니, 성인 남성 한 명이 들어갈 수 있을 것 같은 통로가 나타났다.

"헉!"

"으음."

동시에 지금까지 말이 없던 사내들의 입에서 신음이 비집고 흘러 나왔다.

애초에 내가 민 박사와 공유한 내용은 경복궁에 존재하는 내탕고에 들어가서 물건을 꺼내올 것이라는 정도였다.

그러니 작전에 투입이 되긴 했어도 뒤쪽의 3명은 이런 상황이 생길 것이라고는 상상도 하지 못했을 것이다.

고개를 슬쩍 돌려 뒤를 바라보니, 포커페이스로 일관하던 박 팀장 또한 이번만큼은 당황한 기색이 역력했다.

그런 모습에서 왠지 승리감을 느끼며, 통로 안으로 앞서 걸음을 옮겼다.

"자, 모두 갑시다."

같은 시각.

청와대의 접견실.

굳이 따지자면, 대통령 역시 공무원이기 때문에 노동법에 의거해서 밤이 되면 자택 혹은 청와대에서 제공하는 관저로 퇴근을 해야 한다.

하지만 늦은 밤이 되었어도 청와대의 불빛은 꺼질 줄 몰랐다.

밤늦게 대통령 김주훈과 약속을 잡은 뜻밖의 손님, 아니 정치인 때문이었다.

그는 바로 현 야당의 총수이자 6선의 국회의원인 손진석이었다.

"허허, 이 사람이 눈치도 없이 밤에 약속을 잡은 건 아닌지 모르겠습니다."

"아닙니다. 오히려 제 입장에서는 이런 밤이 편합니다. 중요한 사안들은 대부분은 낮에 처리되니, 오히려 마음 편히 사람들을 만날 수 있으니까요."

"허허! 그렇군요. 그렇다면 다행입니다."

나이로 치자면, 손진석은 김주훈보다 20살 정도가 많았다.

그만큼 김주훈 대통령이 대한민국 역대 정권을 통틀어서 가장 나이가 어렸던 당선자이기 때문이었다.

하지만 정치인의 세계에서 나이란 아무런 의미도 힘도 되지 않았다.

오로지 중요한 건 그 사람이 지금 정권에 끼칠 수 있는 영향력뿐이었다.

그런 의미에서 대통령인 김주훈 입장에서 손진석은 확실히 편한 상대는 아니었다.

당장 그가 야당의 국회의원들을 규합해서 정치적으로 제동을 걸면, 내일부터 당장 피곤해지는 건 현 청와대의 수장인 본인이었기 때문이었다.

물론 그렇다고 손진석 역시 김주훈을 만만하게 생각할 수 있는 건 아니었다.

현재 김주훈은 대통령의 힘이 가장 강하다고 알려진 임기 2년차였다.

여기에 더불어 현 총리는 단순한 정치적 파트너가 아니라 후견인으로서도 김주훈을 전폭적으로 지지하고 있었다.

이렇다 보니 김주훈과 손진석은 서로가 나누는 말 한마디 한마디에 조심을 할 수밖에 없었다.

"그런데 이 늦은 시간에 어쩐 일로 손수 청와대까지 찾아오신 겁니까?"

김주훈의 질문에 손진석이 가볍게 미소를 짓고는 앞에 놓인 찻잔을 집어 들었다.

후릅-

"청와대에서 마시는 차는 언제 마셔도 맛있습니다."

"……."

"흐음, 이번 정부가 출범할 때 대통령께서 5개의 공약을 내거셨지요?"

5개의 공약.

대통령 후보가 내거는 공약 치고는 적다고 할 수 있었다.

하지만 당시 김주훈은 지키지도 못하는 말뿐인 공약을 내세우기보다는 적더라도 반드시 지키는 공약을 하겠다고 언론 플레이를 했었다.

그리고 국민들은 그런 김주훈의 모습에서 새로움을 느끼고 그를 적극적으로 후원해줬다.

말이 없는 김주훈을 향해 손진석이 차례차례 기억에서 떠오르는 공약들을 읊었다.

"청년 실업 문제 해결, 내수 경제 성장, 비정규직 전환, 새로운 국가 보안 및 재난 안전 시스템 확립. 그리고 반출된 문화재 회수 맞지요?"

자신이 내세웠던 공약을 정확히 기억해내는 손진석의 태도에 김주훈의 얼굴이 굳어졌다.

후보 시절 자신 있게 내걸었던 공약이었지만, 청와대에 입성하고 나서 여러 장애물로 인해 현재 그의 공약 달성률은 상당히 저조한 편이었다.

특히 개중에는 시작조차 하지 못한 공약 또한 있었다.

바로 불법적인 경로를 통해 해외로 반출된 문화재의 회

수였다.

국민과 언론에서는 아직 크게 집중하고 있지는 않지만, 문화재 회수 같은 경우 후보 시절 경쟁자였던 박성태 후보를 궁지로 몰아넣고 사퇴까지 만들게 했던 카드였던 만큼 대통령인 김주훈의 입장에서는 계속해서 신경이 쓰일 수밖에 없었다.

"의원님, 지금 무슨 말씀을 하고 싶은 겁니까?"

"이 늙은이가 대통령님의 고민을 덜어드릴까 합니다. 잘하면, 떨어진 지지율도 다시 회복하실 수 있으실 겁니다."

"네?"

"혹시 소원화개첩이라고 아십니까?"

잠시 생각을 하던 김주훈이 고개를 저었다.

"죄송하지만, 제가 견문이 낮아 잘 모르겠군요."

"세종의 셋째 아들인 안평대군이 둘째 형이었던 수양대군에게 죽기 전 썼던 마지막 작품입니다. 국보급의 문화재로 국내에서는 2001년 도난당했다고 알려진 물건이지요."

김주훈이 말없이 고개를 끄덕이며 다시금 손진석의 얼굴을 살폈다.

그의 의도를 파악하기 위해서였다.

하지만 상대는 무려 6번이나 국회의원에 당선된 노련한 정치인이었다.

덤덤한 손진석의 얼굴에서 확인할 수 있는 것은 아무것도 없었다.

"이번에 제 아들놈이 일본에서 사귄 친구에게 말씀드린 소원화개첩을 선물 받았다고 하더군요. 그쪽도 그렇고 제 아들놈도 그렇고 도난당한 물건인지 알지 못했던 상태라 조만간 문화재청에 반납을 할까 생각을 했었습니다."

개인이 돈을 주고 구입한 문화재라고 해도 그게 도난품일 경우 그 소유권은 국가에 귀속되는 것이 현재의 법이었다.

"했었습니다라는 말은 지금은 아니라는 말씀이십니까?"

"네, 대통령님의 얼굴이 떠올랐으니까요."

"그게 대체 무슨……."

"20점."

"……?"

"아들 녀석의 말에 의하면, 어느 정도 지원이 있을 경우 소원화개첩과 비슷한 수준의 문화재를 20점 정도 환원 받을 수 있을 거라 합니다. 그 정도면, 역대 대통령 중에서 문화재 관련으로는 최고의 성과가 아닙니까?"

꿀꺽.

자신도 모르게 침을 삼킨 김주훈이 갑작스럽게 찾아온 갈증에 찻잔을 집어 들었다.

확실히 손직석의 말대로 국보 혹은 보물급 문화재 20점이라면, 역대 대통령 중에서 문화재 회수 방면으로는 가장 큰 성과라고 할 수 있었다.

그간 대통령들이 반출된 문화재에 대해서 크게 신경을 쓰지 않기도 했지만, 그게 아니더라도 수집가들 사이에서 문화재는 단순히 돈으로만 가격을 따질 수 있는 것이 아니었다.

그렇기 때문에 불법인 줄 알면서도 대부분 자신의 금고나 은밀한 곳에 숨겨두는 게 보통이었다.

일부 재벌들 중에서는 문화재를 이용해서 비자금을 만드는 경우도 있었다.

"……대통령인 저에게 그런 말씀을 하시는 것으로 봐서는 그 성과를 온전히 정부의 것으로 넘겨주시겠다라고 생각되는데. 제 생각이 맞습니까?"

"그게 아니라면 이 야심한 밤에 대통령님을 찾아 왔을 리가 없겠지요."

"조건은 뭡니까?"

아무리 과거가 없고 깨끗하다고 해도 대통령쯤 되는 인물이라면, 정치의 기본 법칙을 모를 리가 없다.

아니, 어느 정도 나이가 들어 사회생활을 해본 사람이라면 모두 아는 것이다.

기브 앤 테이크(give and take).

세상에 공짜는 존재하지 않는다.

후릅-

차를 한 모금 들이킨 손진석이 말했다.

"국회의원 선거가 얼마 남지 않았습니다. 그리고 이번에는 제 부족한 자식 놈도 선거에 출마한 상태이지요."

6선인 손진석의 7선 도전은 이미 거의 확실시된 상태였다.

한 지역구에서만 6번의 국회의원을 지냈기 때문에 지역구에서 손진석의 입지는 이미 대통령보다 더한 권력을 행사할 수 있는 왕과 다름이 없었다.

"그 사항은 보고를 받아 알고 있습니다."

청와대 또한 얼마 남지 않은 국회의원 선거를 주의 깊게 살피고 있었다.

대통령인 김주훈과 현 정부의 입장에서는, 어찌됐던 우호적인 의원들이 대거 당선되어야 남은 임기를 별 탈 없이 끝마칠 수 있기 때문이었다.

"도와주시죠."

"의원님, 지금 저 보고 선거에 개입해달라는 말씀이십니까? 이 무슨 말도 안 되는 소리입니까?"

김주훈의 얼굴이 붉게 달아올랐다. 선거 청탁이라니, 설마 대통령이 되고 나서 이런 부탁을 받게 될 줄은 상상도 못했다.

"지금 얘기는 못 들은 것으로 하겠습니다. 그럼, 밤길 조심해서 돌아가시기 바랍니다."

드륵-

김주훈이 막 자리에서 일어나려는 순간. 손진석이 입을 열었다.

"사람을 잘못 보셨습니다. 고작 아들 놈 하나 국회의원 만들자고 이 늙은이가 여기까지 와서 청탁이나 할 것 같습니까? 사자는 자신의 자식을 강하게 키우기 위해 벼랑으로 몰아넣는다고 하지요? 본인의 아들이 능력이 없었으면, 애초에 정치판에 발을 담그지도 못하게 했을 겁니다. 그도 아니면, 불쌍한 자식 놈을 제게 우호적인 지역구에 출마시키면 어렵지 않게 당선됐을 노릇입니다. 안 그렇습니까?"

누군가에는 의원 배지를 다는 것이 일생일대의 꿈일 수도 있다.

그러나 꿈이란 원래 상대적인 것이다.

실제로 수십 년을 정치인으로 군림해온 손진석에게는 마음만 먹으면 노숙자도 정치인으로 만들 수 있는 힘이 있었다.

'아직 나도 멀었구나.'

상대가 야당의 총수라는 점 때문이었을까? 그것도 아니면 평소 정부와 유난히 많은 대립을 하고 있는 정치인이라서 그랬을까?

너무 쉽게 감정을 드러낸 것에 대해 김주훈은 스스로 자책했다.

김주훈이 입술을 질끈 깨물고는 다시 자리에 앉았다.

그 모습에 손진석이 입가에 뜻 모를 미소를 짓고는 말했다.

"자식 놈에 대한 거야 공식 석상이든 비공식 석상이든 그냥 간단하게 이름을 거론하는 것만으로도 족합니다. 음, 미래가 기대되는 젊은 정치인? 이 정도면 되겠군요. 그리 어려운 일은 아니지 않습니까?"

말은 쉽게 했지만, 대통령의 말은 오탈자 하나만으로도 기사가 나온다.

당연히 소식을 접한 여론에서는 이때다 싶어 상당한 숫자의 기사를 쏟아낼 것이 불 보듯 뻔했다.

하지만 앞서 김주훈이 말했듯 그런 말 한마디가 선거 혹은 정치적 후원이라고 말할 수는 없었다.

실제로 유능한 기업인이나 스포츠 스타 혹은 방송인을 향해 그런 표현은 종종 사용하기 때문이었다.

"……좋습니다. 그리고요?"

"KV 그룹과 관련된 일은 이쯤에서 접으시는 게 어떻습니까? 곳곳에서 정부의 기업 길들이기라고 말이 많습니다."

이거다.

김주훈 본능적으로 알 수 있었다.

손진석의 진짜 목적은 바로 지금의 용건이었다.

'어디서 새어 나갔을까?'

정부의 기업 길들이기는 철저하게 비밀리에 추진된 계획이었다.

적어도 그 사실을 아는 사람은 청와대에서도 열을 넘지 않았다.

'내부 쪽 소행이 아니라면 대한 그룹 쪽인가…….'

총리가 대한 그룹의 장남을 만났다고 보고했던 일이 떠올랐다.

그리고 얼마 후 대한 그룹은 비공식 라인을 통해서 정부 측에 내년 신규 채용을 기존보다 두 배 늘리겠다는 입장을 전해 왔다.

정부가 공약으로 내세웠던 청년 실업 정책에 힘을 실어 주기 위해서였다.

물론 대한 그룹 측에서 결코 괜히 그런 짓을 벌였을 리는 없다.

당연히 정부의 기업 길들이기 계획을 사전에 알고 면죄부를 얻기 위한 행동이었다.

이번 일을 계획했던 정부의 입장에서도 아직은 대한 그룹과는 척을 질 필요가 없다는 의견이 분분했기 때문에, 살생부의 명단에서 대한 그룹은 제외되었다.

그런 와중에 외국계 기업인 D.K 그룹에서 KV 백화점에서 희생당한 유족들을 돕기 위한 기부 재단을 설립하면서 정부의 계획에 제제가 걸렸다.

이번 일은 무엇보다 국민의 감정에 힘입은 여론 몰이가 중요했다.

즉, KV 그룹을 향한 국민의 분노가 절정에 도달하면 정부가 그곳에 기름을 끼얹는 것이다.

하지만 예상치 못한 D.K 그룹의 기부 재단 설립으로 국민의 관심사가 달라져 버렸다.

때문에 KV 그룹을 주축으로 계획했던 정부의 기업 길들이기 계획은 현재 보류된 상황이었다.

그런데 이 시점에서 야당의 총수인 손진석이 정부와 KV 그룹의 중재라는 카드를 들고 나온 것이다.

"그건 의원님께서 관여하실 사안은 아닌 것 같습니다."

"허허, 저 또한 국가의 녹을 먹으며 국민을 위해 일하는 사람입니다. 그런데 어떻게 이런 중차대한 일을 그냥 보고만 있겠습니까? 그리고 대통령님께서도 아시지 않습니까? 지금 일을 시작한다고 해도 정책적으로 자리를 잡으려면, 임기 내에는 불가능합니다. 그들이라고 자기 목에 칼이 들어오는데 가만있겠습니까? 온갖 추악하고 더러운 것들이 수면 위로 올라오게 될 겁니다. 대통령님께서는 국가에 혼란을 야기하실 생각이십니까?"

부르르-

김주훈이 몸을 떨었다.

역시 6선이라는 타이틀을 가위바위보로 딴 것은 아니었다.

손진석의 한마디 한마디가 반론할 여지없는 현실이었다.

그렇기 때문에 화가 나고 분했지만, 마땅히 답할 수 있는 말이 없었다.

손진석은 여기에 그치지 않고 쐐기를 꼽는 한마디를 더 했다.

"그리고 다음 대통령이 꼭 여당에서 나온다는 보장도 없지 않습니까? 이번 임기에서 열심히 고생하신 정책들 다음 대통령이 모두 폐기할 수도 있는 겁니다. 본인께서도 그러하셨죠?"

"……."

실제로 김주훈이 대통령이 되어 청와대에 들어와서 가장 먼저 한 일이 전대 정권의 치부를 청산하는 일이었다.

"허허! 그렇다고 이 사람이 대통령님께 고개를 숙이거나 사과를 하라는 것도 아니지 않습니까? 그냥 정부 차원에서 진행하던 압박만 멈춰달라는 부탁입니다. 그 대가로 후보 시절 내걸었던 공약 하나를 달성할 수 있다면, 수지맞는 장사 아니겠습니까?"

"장사라, 하긴 정치가 그런 것이겠죠."

씁쓸한 중얼거림이 김주훈에게서 흘러 나왔다.

그리고 이 시점에서 그 말이 뜻하는 바는 명확했다.

"……문화재청 청장에게 미리 언질을 해놓도록 하겠습니다. 단! 정부가 움직이는 건 오늘 이 자리에서 말씀하신 모든 것이 행해졌을 때입니다. 지난날 KV 그룹이 정부를 향해 보였던 기만을 잊지 않고 있습니다. 그런데도 제안을 받아들이는 건 전적으로 의원님을 믿기 때문입니다. 제 말이 무슨 뜻인지는 아시겠지요?"

"물론입니다."

가볍게 대답을 하기는 했지만, 손진석은 속으로 쓴웃음을 지었다.

'역시 대통령은 대통령이라는 건가? 보험은 들겠다는 거군.'

김주훈은 직접적으로 KV 그룹을 믿지 않는다고 말하며, 이번 제안을 받아들인 건 오로지 손진석 때문이라고 밝혔다.

젊은 정치인이야 화장실 들어갈 때와 나올 때가 다르게 수시로 말을 바꿨다.

하지만 정치계에 발을 들인 지 수십 년쯤 지나다 보면 그러한 일은 차츰 사라지게 된다.

스스로에 대한 자부심과 명예 때문이었다.

"자, 그럼 중요한 대화는 어느 정도 끝난 것 같으니 오늘 얘기는 이쯤하고 저는 이만 가보도록 하겠습니다. 빠른 시일 내에 좋은 소식 있을 겁니다."

"……기다리겠습니다."

가볍게 악수를 나누고는 손진석이 접견실을 빠져 나갔다.

털썩-

홀로 남은 방안. 악수를 나누기 위해 일어섰던 김주훈이 쓰러지듯 자리에 주저앉았다.

"하아……."

동시에 지금까지 가슴 깊은 곳에 억눌렀던 한숨이 토해져 나왔다.

나라를 그리고 나아가 세상을 바꾸고자 절치부심해서 대통령이 되었다.

하지만 할 수 있는 건 한정되어 있고 사람은 늘 모자랐으며 힘은 항상 부족했다.

그에 비해 시간은 너무나도 빠르게 흘렀다.

이제는 대통령으로서 지낼 수 있는 시간이 지낸 시간보다 그리 많지 않았다.

임기의 중반.

슬슬 힘이 강해지는 시기보다는 줄어드는 시기가 오고 있는 것이다.

그리고 항상 그랬듯 임기 마지막이 되면, 그간 자신의 눈치를 보느라 숨을 죽이고 있던 정적들이 사정없이 물어뜯기 위해 기지개를 펴고 움직일 것이다.

"그래도 아직은 아니야."

뒷일을 걱정하기에는 아직 해결해야 할 문제와 준비 중인 정책들이 산더미처럼 남아 있었다.

전부는 이룰 수 없더라도 최소한 그 절반, 아니 반의반은 자신의 손으로 해결을 하고 싶었다.

삐걱-

의자 깊숙이 몸을 기댄 김주훈이 천장을 바라보며 기운 빠진 목소리로 중얼거렸다.

"좀 더 힘이 있었으면 좋겠다. 조금만 더……."

대통령과의 면담을 끝낸 손진석을 보조관이 운전하는 차를 타고 곧장 자신의 의원실로 향했다.

의원실에는 이미 1시간 전부터 와서 기다리고 있는 손태진이 있었다.

"아버지, 오셨어요?"

"그래. 오래 기다렸지?"

"아닙니다."

부자간의 가벼운 대화가 오가는 사이 보좌관은 손진석의 겉옷을 넘겨받아 옷걸이에 걸고는 곧장 방을 빠져 나갔다.

그러자 기다렸다는 손태진이 소파에 앉는 손진석에게 물었다.

"청와대에 가신 일은 어떻게 되셨습니까?"

"녀석. 네가 애간장이 타서 이렇게 물어보는 건 초등학교 이후 처음인 것 같구나."

"티가 났나요? 하하! 그래도 무려 이 나라 최고의 권력자와 거래를 하러 가신 거 아닙니까?"

"최고의 권력자는 무슨. 힘이 없는 대통령은 고작해야 5년짜리 한직이나 다름없다. 이리저리 치이다가 욕만 먹고 시골로 내려가 촌부처럼 농사나 짓고 나무나 키우며 사는 거지."

손진석은 아무렇지도 않게 말했지만, 손태진은 알고 있었다.

그의 아버지가 얼마나 대통령이라는 옥좌에 앉고 싶어 했는지 말이다.

하지만 지금은 굳이 그런 얘기를 꺼낼 필요가 없었다.

손태진이 손진석의 말에 맞장구를 치며 말했다.

"아버지 말이 맞습니다."

"얘기는 잘 됐다. 대통령도 지지율이 예전 같지 않다는 것을 아는 거지. 애초에 국민의 힘으로 그 자리에 앉은 대통령이지 않더냐?”

“그럼?”

“그래, 네가 얘기했던 대로 문화재 20점을 받아온다면 정부 쪽에서 KV 그룹을 압박하는 건 중단할 게다.”

“아버지, 고생하셨습니다.”

손태진의 입가에 미소가 지어졌다. 사실 이번 일은 손진석이 꾸민 것이 아니라 전적으로 손태진의 요청에 의해 진행된 일이었다.

KV 그룹의 마 실장은 아무런 이유 없이 돕겠다고 했지만, 손태진은 그런 도움 따위는 받고 싶지 않았다.

하지만 그렇다고 해서 KV 그룹과 척을 지는 것 또한 옳은 방법은 아니었다.

아직은 직접적으로 싸우기에는 부담스러웠던 상대였기 때문이었다.

그래서 생각했던 것이 동등한 위치에 설 수 있는 카드를 준비하는 것이었다.

다행스럽게도 손태진은 현 시점에서 KV 그룹의 약점이 무엇인지 잘 알고 있었다.

그건 바로 정부였다.

“고생은 무슨. 그나저나 물건은 확실히 받을 수 있는 것이냐? 만약 일이 잘못되면, 사재라도 털어서 물건을 구해야 할 게야. 그렇지 않으면 우리 꼴이 아주 우스워지니까."

"이미 중국의 왕 대인을 통해 소원화개첩의 수준은 아니지만, 조선 시대의 문화재를 5점 정도는 확보해 뒀습니다. 설령 최악의 상황이 오더라도 체면을 구기는 일은 없을 겁니다."

"그 정도라면 일이 잘못 되어도 할 말은 있겠구나. 수고했다."

본래 손태진이 일을 처리하는 방식이라면, 이렇게까지는 하지 않았을 것이다.

하지만 이번 일은 아버지인 손진석이 연관된 상황이었다.

그 때문에 무리를 해서라도 이중 삼중의 안전장치를 준비해둔 것이었다.

"아버지, 오랜만에 이렇게 만났는데 같이 나가서 식사라도 하시는 게 어떻습니까?"

손태진이 조심스레 권유했지만, 손진석이 고개를 저었다.

"쯧쯧. 선거가 이제 한 달도 안 남지 않았더냐? 괜히 이 아비랑 같이 있는 모습이 찍혔다가는 기자 녀석들 좋은 일만 시킬 뿐이다. 밥은 집에 가서 네 어미랑 같이 먹도록 하자꾸나."

"알겠습니다."

손태진은 순순히 고개를 끄덕였다.

그리고는 곧장 보좌관에게 전화를 걸어 집으로 돌아갈 준비를 하기 시작했다.

하지만 지금의 두 사람은 알지 못했다.

때로는 이중 삼중의 자물쇠를 설치했다고 해도 따고 들어올 수 있는 도둑이 있다는 사실을 말이다.

저벅- 저벅-

통로의 길은 성인 남성이 간신히 걸을 수 있을 정도로 비좁았다.

손을 들어 벽면을 만져보니, 과거 느꼈던 반질반질한 암석의 감촉은 많이 사라진 상태였다.

하긴 그때에 비해 수백 년의 세월이 흘렀으니, 당연한 일일 것이다.

'후후, 그때에는 횃불을 들고 걸었었는데.'

반면, 지금 통로의 불을 비쳐주는 것은 횃불이 아닌 스마트폰의 불빛이었다.

"이곳은 조선을 세운 태조(太祖) 이성계가 만든 곳입니다. 왕이 보유한 재물이 떨어지면, 결국 신하와 백성의 것을 탐하게 될 것이라고 생각해서 왕실의 재물을 보관하는 내탕고 이외에 따로 창고를 하나 더 만든 것이죠."

질문을 하는 사람은 없었고 굳이 설명을 해주지 않아도 되는 사안이었다.

하지만 그래도 자신들이 최소한 어디를 들어왔고 지금 있는 곳이 어떤 연유로 생겼는지 만큼은 말해주고 싶었다.

"……그런 곳이 있다는 얘기를 들은 적은 있습니다. 하지만 대부분 6.25 시절 폭격으로 부서졌다고 하던데, 이렇게 남아 있을 줄은 몰랐군요."

뒤따라 걷던 박 팀장의 목소리가 들렸다.

아무런 감정이 느껴지지 않던 전과 달리 호기심과 기대감이 서려 있는 목소리였다.

속으로 미소를 지으며 말했다.

"이제 조금만 더 가면 됩니다."

그렇게 얼마를 걸었을까? 좁았던 통로가 점차 넓어지기 시작하더니, 꽤 넓은 공동이 나타났다.

"혹시 손전등 더 있습니까?"

고개를 돌려 뒤따르던 사람들에게 묻자 그들이 품속에서 각자 손바닥보다 조금 작은 크기의 LED 손전등을 꺼내 내밀었다.

건네받은 손전등은 과거 횃불을 꽂아 놓던 공동의 벽면에 끼워 넣었다.

파앗!

천장을 향해 솟아 오른 불빛이 반사되어 공동 전체를 밝혀주었다.

그리고 그 빛 속에서 모습을 드러낸 존재.

수백 년 동안 이곳에서 잠들어 있던 조선의 보물들이었다.

공동의 내부에는 갈색의 나무 박스들이 차곡차곡 쌓여 있었다.

그 위에는 짐승의 가죽이 덮어 씌워져 있었는데, 가까이 다가가서 살펴보니 곰과 호랑이의 가죽이었다.

'상태가 꽤 멀쩡한데?'

이집트의 미라처럼 특수한 약품으로 처리했는지 수백 년이 지났음에도 가죽은 원형 그대로의 모습을 지니고 있었다.

두근거리는 마음을 애써 진정시키고는 조심스레 상자에 덮어진 가죽을 치웠다.

내용물을 확인함과 동시에 입가에는 절로 미소가 걸렸다.

'상선, 고맙습니다.'

상선 인우는 내가 이산의 몸으로 내린 명령을 훌륭하게 수행해줬다.

상자 안, 층층이 쌓인 조선의 물건들이 바로 그 증거였다.

도자기부터 시작해서 금붙이와 보석으로 만들어진 액세서리는 물론 각종 그림과 병풍, 목조, 은, 금불상까지 조선을 대표하는 유물들이 차곡차곡 쌓여 있었다.

'이 정도라면, 아무리 적게 잡아도 최소 백 점 정도는 되겠는데?'

상자 안에 있는 물건들만 진열을 해놔도 작은 규모의 박물관 정도는 만들 수 있을 것이다.

물론 진열될 물건들이 국보 혹은 보물급의 문화재이니, 그 가치는 국내 3대 사립 박물관이라고 불리는 리움, 간송, 호림과 비교해도 뒤떨어지지 않을 것이다.

"……."

옛말에 사람이 너무 놀라면 말문이 막힌다는 소리가 있다.

그건 나를 돕기 위해 참여한 세 사람 역시 마찬가지였다.

뒤늦게 상자 안의 물건을 확인한 세 사람이 놀랍다 못해 황당하다는 얼굴로 서로를 번갈아 쳐다보고 있었다.

"자, 이제 이 물건들을 조심해서 모두 밖으로 옮기시면 됩니다. 하나하나의 가치가 작지 않으니, 절대 파손되지 않게 조심해서 옮겨주세요."

"알겠습니다."

상자 안에 들어 있는 물건 하나하나의 가치는 돈이 있다고 해서 쉽게 구할 수 있는 것들이 아니다.

만약 경매에라도 올라간다면 수집가들 사이에서는 천문학적인 액수로 거래될 것이다.

그 이유는 기존에 발견된 유물들과 다르게 상자 안에 있는 물건들이 원형 그대로의 모습을 유지하고 있기 때문이었다.

특히 일반 서민들이 쓰던 물건이 아닌 왕족과 조선의 지배층들 사이에서 사용되던 물건이었다.

수많은 전란을 거치며 조선의 왕족이 사용하던 물건 대다수가 외국으로 빠져 나간 상태이기 때문에 그 가치는 더 귀하다고 할 수 있었다.

'심지어 왕의 상징인 옥새까지 해외에 있는 상황이니.'

가슴 한편으로 씁쓸한 마음이 드는 것은 어쩔 수 없었다.

"흠."

공동 안에 존재하는 상자는 총 10상자였다. 앞장서서 상자를 들어 무게를 가늠한 박 팀장이 고개를 끄덕였다.

그리고는 자신의 뒤에 서 있던 두 명에게 손짓을 보냈다.

"끄응."

묵직한 물건을 들 때의 특유의 신음을 내뱉은 그들은 조심스럽게 상자를 들고 들어왔던 길로 걸음을 옮기기 시작했다.

나 역시 마찬가지로 상자를 들기 위해 손을 뻗으려는 순간이었다.

상자가 쌓인 곳 너머 공동의 벽면이 시선에 들어왔다.

그 순간 미처 생각하고 못했던 기억의 한 조각이 떠올랐다.

"맞아! 이곳에서 발견했었지."

이곳 내탕고의 비밀 공간에는 세상에 알려지지 않은 또 다른 비밀 공간이 하나 더 존재하고 있었다.

그리고 그곳에서 발견한 것이 사진검, 바로 사진참사검(四辰斬邪劍)이었다.

드륵-

손에 힘을 줘서 과거 사친참사검이 들어 있던 숨겨진 공간을 열어봤다.

"이게 왜 여기에?"

텅텅 비어 있을 것으로 예상한 그 공간에는 한 자루의 검이 들어 있었다.

뿐만 아니라 검의 손잡이에는 조선 시대에서 흔히 볼 수 있었던 서찰 하나가 매달려 있었다.

"대체 누가? 상선이 남긴 건가? 그게 아니라면……."

머릿속에 떠오른 인물은 다름 아닌 정조, 바로 이산이었다.

그럴 수밖에 없는 것이 상선 인우를 제외하고 이 장소에 대해서 아는 인물은 당시 내가 깃들어 있던 육체의 주인인 이산뿐이었다.

스윽-

조심스레 손을 뻗어 검에 매달려 있는 서찰을 집어 들었다.

그리고 더욱 신중을 기해 안에든 종이를 꺼냈지만, 금세 양미간이 모아졌다.

"으음. 이래서는 무슨 글자인지 알아보지 못하겠는데."

유물과 다르게 특수한 처리가 되지 않았던 탓일까?

서철 안의 종이는 수백 년의 세월을 버티지 못하고 이미 누렇게 색이 변색되어 있었다.

그 탓에 종이에 적힌 글자가 무엇인지 제대로 읽을 수가 없었다.

"이건 아무래도 전문가에게 의뢰를 해야 할 것 같네. 그보다 이 검……."

검은 수백 년 동안 이 공간에 잠들어 있었겠지만, 그 검을 잡은 나는 곧장 알 수 있었다.

잠들어 있던 검이 수백 년 전 바로 내가 수향에게 주었던 사진참사검이라는 사실을 말이다.

혹시 다른 검이 아닐까 하고 자세히 살펴봤지만, 검의 모습은 기억에 남아 있는 그대로였다.

"대체 왜 이 검이 여기 있는 거야?"

서찰도 그렇고 검도 그렇고 도무지 이해가 되지 않았다.

'내가 이산의 몸에서 떠나고 수향에게 무슨 일이 있던 것일까? 하지만 그렇다면 내금위가 되지 못했을 텐데.'

공식적으로 기록된 역사는 크게 변한 것이 없었다.

그저 최초의 여자 내금위가 있었다는 사실이 문헌에 새롭게 기록으로 남겨졌을 뿐이다.

하지만 검과 서찰이 이곳에 있는 것으로 봐서는 내가 떠나고 난 뒤에 어떠한 일이 있음이 분명했다.

그것이 나쁜 일이든 설령 좋은 일이든 말이다.

"……아무래도 돌아가서 알아봐야겠어."

궁금증에 대한 해답은 분명 검과 함께 남겨진 서찰에 있을 것이다.

서찰을 품속에 조심스럽게 갈무리하고는 검을 챙겨 드는 순간이었다.

우웅-

머릿속의 울림과 함께 낯익은 목소리가 귓가에 들렸다.

[과거의 조각과 조우하셨습니다.]

[동화 스킬의 숙련도가 상승합니다.]

"어?"

입술을 비집고 나도 모르게 당황스러운 신음이 흘러나왔다.

동화 스킬은 아직까지 정확히 어떤 스킬인지 파악이 되

지 않은 상태였다.

다만 숙련도에 따라서 능력이 향상된다는 것만 알고 있었는데, 설마하니 이런 식으로 수치가 상승할 줄은 꿈에도 생각하지 못했다.

"혹시 정착자인 시절에 손이 탔던 물건을 만지면, 수치가 상승되는 건가?"

가설이기는 했지만, 지금 상황을 유추해본다면 충분히 가능성 있는 일이었다.

저벅- 저벅-

생각을 정리하고 있을 무렵, 때마침 밖으로 상자를 옮겼던 박 팀장과 사람들이 돌아왔다.

그들은 내가 손에 들고 있는 검을 향해 시선을 보냈지만, 말 그대로 잠시뿐이었다.

세 사람 모두 금세 시선을 돌리고는 곧장 다음 상자를 옮기기 시작했다.

'그래, 생각은 일단 돌아가서 하자.'

서둘러 머릿속에 상념을 지우고 사진참사검을 상자 위에 올리고 밖으로 옮기기 시작했다. 그렇게 30분 정도가 흘렀을까?

4명이 서너 번 통로를 반복하다 보니 10개의 상자를 통로가 열린 내탕고의 입구까지 모두 옮길 수가 있었다.

"이제 덮자."

상자가 모두 밖으로 옮겨지자 박 팀장이 배낭을 메고 있는 사내를 향해 말했다.

그러자 그가 배낭을 열더니 한솔이라는 마크가 적힌 비닐을 꺼냈다.

그렇게 꺼내진 비닐들을 모두 밖으로 옮겨진 상자에 덧씌워졌다.

달이 흐릿한 밤이라서 그럴까? 단지 비닐을 씌웠을 뿐인데 순식간에 가죽으로 쌓여 있던 상자가 얼핏 보기에는 택배 상자처럼 보였다.

"상자를 옮길 사람들을 부르도록 하겠습니다."

"그렇게 하세요."

박 팀장의 요구를 수락한 뒤 나는 다시 내탕고의 안으로 들어섰다.

드르륵-

선반의 빈자리에 있는 홈을 조작하자 열린 통로가 닫히며, 다시 본래의 벽으로 돌아갔다.

"……선조님들, 좋은 곳에 잘 사용하겠습니다."

잠시 눈을 감고 마음을 가라앉힌 뒤 고개를 숙였다.

한 사람을 향한 행동은 아니었다.

이곳을 최초로 만든 태조 이성계.

그리고 이곳에 들어갈 수 있는 신분을 가졌던 정조 이산, 마지막으로 내 부탁을 끝까지 들어준 상선 인우에 대한 감사의 인사였다.

"그리고 죄송합니다."

쾅!

콰직! 빠각!

몸을 바로 한 뒤 주먹에 힘을 집중해 그대로 벽의 홈을 내리쳤다.

동시에 벽에 존재했던 홈은 형체도 없이 일그러져 버렸다.

그마저도 몇 번을 더 내리치자 처음의 형체는 알아볼 수 없게 되었다.

"후우."

민 박사는 나와 함께 오늘 물건을 나른 3명을 믿으라고 했지만, 그건 어디까지나 그녀의 요구일 뿐이었다.

일이 모두 끝나고 그녀와 내 관계가 모두 종료되었을 때, 민 박사가 다른 생각을 품지 말라는 보장은 없었다.

어찌됐든 박 팀장은 오늘 있었던 모든 일을 민 박사에게 상세하게 보고할 것이다.

그리고 시간이 지나서 혹시라도 다른 마음을 품은 그들이 다시 이곳을 찾을 수도 있는 노릇이었다. 그건 나로서 그리 달가운 상황이 아니었다.

'의심할 만한 상황이 생길 일은 미리 막는 게 가장 좋으니까.'

끼익-

한쪽에 내려뒀던 선반을 다시 원위치 시키며 손에 묻은 먼지를 털어냈다.

밖으로 다시 나가자 밥 차로 위장해서 내부로 들어왔던 사람들이 삼삼오오 모여 상자를 옮기고 있었다.

우웅—

그리고 때를 맞춰 휴대폰으로 민 박사에게 전화가 걸려왔다.

[그쪽 상황은 종료됐나요?]

"네, 무사히 끝났습니다. 그보다 김희연 씨는?"

[귀찮은 방해물은 깔끔하게 처리하는 게 제일이죠. 더군다나 그리 유명한 배우도 아니니까 시간이 지나면 금방 잠잠해질 거예요.]

"뭐라고요?"

순간 머릿속에 불길한 생각이 들었다. 왜 영화에 흔히 나오지 않던가?

공작원들 같은 이들이 방해꾼을 어떻게 처리하는지 말이다.

하지만 곧이어 들려오는 민 박사의 목소리에 내 상상이 얼마나 허황된 것인지를 곧장 알 수 있었다.

[그분 고양이를 엄청 좋아하더군요. 우연히 만난 길 고양이 한 마리에 관심이 빼앗겨서 적당히 시간을 끌 수 있었어요.]

"아, 그렇군요."

[혹시 제가 그분을 땅에 묻거나 어떻게 했을 거라고 생각한 건 아니겠죠? 영화에 등장하는 삼합회, 야쿠자, 마피아들처럼 말이에요.]

"……아닙니다."

뜨끔했지만, 애써 태연하게 전화를 받았다.

[참, 그보다 김희연 씨와 동행해서 그쪽으로 갈까요? 아니면 이대로 끝낼까요? 끝낸다면 적당히 핑계를 둘러대겠습니다.]

민 박사의 물음에 김희연과 수향의 얼굴이 동시에 떠올랐다.

'만약 인연이 닿는다면 또 만나게 되겠지. 지금은 일단 할 일이 있으니까.'

마음의 결정을 내린 뒤 입을 열었다.

"이대로 가겠습니다. 물건은 정해진 장소로 옮겨주시면 됩니다. 오늘 수고하셨습니다."

[호호! 돈 받고 하는 일이잖아요? 그래도 수고했다고 말해주시니 기분은 나쁘지 않네요. 그럼, 다음에 또 이용 부탁드리겠습니다. 고객님.]

뚜–

통화가 끝났을 때쯤은 내탕고에서 옮긴 상자가 모두 옮겨진 뒤였다.

입구의 자물쇠 역시 처음 그대로의 모습으로 원상 복구된 상태였다.

"자, 그럼 제2단계를 진행해볼까."

지금까지는 단순히 몸풀기에 불과했다.

본격적인 계획은 이제부터 시작이었다.

〈9권에 계속〉